KB131634

연애소설 읽는 노인

연애 소설 읽는 노인

Un viejo que leía novelas de amor

루이스 세풀베다 장편소설   정창 옮김

이 책은 실로 꿰매어 제본하는 정통적인 사철 방식으로 만들어졌습니다.
사철 방식으로 제본된 책은 오랫동안 보관해도 손상되지 않습니다.

작가의 말

스페인 오비에도에서 티그레 후안상(賞)을 수여하게
될 심사 위원들이 이 소설을 읽는 사이, 수천 킬로미터
떨어진 곳에서 거대한 조직에게, 고급 의상에 손톱까지
깔끔한 자들에게, 〈발전〉이라는 이름을 내세우는 자들
에게 매수당한 무장 괴한들이 세계 환경 운동가 중에서
가장 중요하고 저명한 인물이자 아마존의 열렬한 옹호
자를 살해했다.

사랑하는 친구, 치코 멘데스. 늘 과묵하고 행동하는
양심으로 활동하던 당신에게 이 책을 전하지 못하지만
감히 나는 티그레 후안상이 당신에게 주는 상이자 하나
뿐인 이 세계를 지키기 위해 당신이 걸어간 길을 뒤따르
는 모든 사람들에게 주는 상이라고 생각한다오.

루이스 세풀베다

나의 친구 미겔 트센케,
아마존 강의 위대한 수호자이자
난가리트사 강 상류에 사는 숨비 수아르 족의
옹호자인 그에게 이 책을 바친다.
밀림의 밤을 보내던 어느 날 밤, 그는 마술이
철철 넘쳐흐르는 언어로 환상적인 미지의
세계에 대해 들려주었고, 나중에 나는
적도의 에덴동산에서 멀리 떨어진
또 다른 국경에서 그의 이야기를 떠올리며
이 글을 쓰게 되었다.

연애 소설 읽는 노인

11

역자 해설
라틴 아메리카 문학의 적자, 루이스 세풀베다

171

루이스 세풀베다 연보

179

1

하늘에는 당나귀 배처럼 불룩한 먹장구름이 무겁게
드리워 있고, 밀림을 휩싸고 도는 끈끈하고 칙칙한 공기
가 금방이라도 들이닥칠 폭풍우를 예고하고 있었다. 이
미 우기에 접어든 날씨였다. 사위가 잔뜩 흐린 가운데
어디선가 불어 닥친 사나운 바람이 읍사무소 앞을 장식
한 바나나나무를 흔들어 대며 땅에 떨어진 잎사귀들을
휩쓸어 갔다.

읍사무소에서 조금 떨어진 선착장 쪽에 사람들이 모
여 있었다. 엘 이딜리오 부락민들과 부근에서 모여든 노
다지꾼들이었다. 그들은 두어 시간 전부터 치과 의사인
루비쿤도 로아차민의 회전의자에 앉을 차례를 기다리는
중이었다.

치과 의사는 독특한 사람이었다. 그는 기이한 방법으
로 구강 마취를 시킨 환자의 이를 뽑으며 물었다.

「아파?」

그러나 환자는 대답 대신 회전의자의 팔걸이를 움켜쥔 채 눈을 크게 치켜뜨고 땀을 뻘뻘 흘렸다. 이따금 아프다거나 싫은 소리를 하기 위해 기를 쓰는 환자도 없지 않았지만 대부분 치과 의사의 완강한 손아귀에 제지당한 채 자못 위엄에 찬 욕설을 들어야 했다.

「젠장, 가만있지 못해! 이 손을 떼란 말이야. 아프다는 건 나도 잘 알아. 하지만 이게 다 누구 탓인데? 생각해 봐! 아픈 게 내 잘못이야? 천만에! 이렇게 이가 썩고 아픈 것은 내가 아니라 이놈의 정부 탓이라고! 내 말 알아듣겠어?」

치과 의사는 정부를 몹시 증오했다. 그 앞에서는 어떤 형태의 정부든 욕설의 대상이 되었다. 그의 욕설은 이베리아 반도 출신인 이주민의 서자로 태어나 권위라는 말만 들어도 따지고 드는 부친의 무정부주의적 속성을 물려받은 면도 없지 않았지만, 젊은 날의 기나긴 방황에서 야기된 자신의 도덕적 결함이 더 컸음에도 불구하고 그를 호감이 가는 사람으로 보이게 만들었다. 치과 의사의 독설은 거기서 멈추지 않고 이따금 코카에 있는 원전 설비 기지에서 찾아오는 미국인에게도 적용되었다. 그는 입을 벌리고 있는 환자들의 모습을 찍고자 사진기를 들이대는 양키들에게 무지막지한 욕설을 퍼부었던 것이다.

한편 가까운 선착장에는 수크레 호가 바나나와 커피

알갱이 자루 등을 잔뜩 신고서 출항 신호를 기다리고 있었다.

물위에 떠 있는 낡고 거대한 상자처럼 보이는 그 배는 선장이자 기관사인 선주와 두 선원 그리고 금방이라도 숨이 넘어갈 것 같은 케케묵은 구형 디젤 엔진에 의해 가까스로 움직였지만 1년에 두 번씩 꼭꼭 엘 이딜리오에 들르는 것을 빠트리지 않았다. 이제 수크레 호는 치과 의사의 진료가 끝나는 대로 그곳을 떠나 난가리트사 강을 거슬러 올라가다 사모라 강으로 빠져나갈 것이고, 그 강을 따라가다 보면 나흘 후에나 엘 도라도의 하구에 도착할 참이었다.

엘 이딜리오를 찾는 외지인은 많지 않았다. 새로운 이주민이 오는 특별한 경우를 제외하면 치과 의사와 우편집배원만이 그곳을 들렀다. 집배원의 낡은 가방 속에는 어쩌다 부락민에게 날아드는 몇 통의 편지도 있었지만 읍장에게 가는 공문서 — 그중에는 간혹 습기로 색이 바랜 통치자의 근엄한 초상화도 있었다 — 가 대부분이었다.

부락민들은 수크레 호를 기다렸다. 사실 그들이 기다리는 것은 수크레 호가 실어 올 물건들 — 예를 들어 비축품이라고 할 수 있는 소금, 맥주, 아구아르디엔테 술, 가스 — 보다는 욕쟁이 치과 의사였다. 특히 말라리아 병치레를 겪고서 살아남은 사람들, 부족한 치아로 음식을 씹기에 이골이 난 사람들, 깨끗한 잇몸을 갖고자 하는 사람들은 더욱 그랬다. 그들은 하나같이 추기경이 걸치는 가운 모양의 보드라운 보랏빛 융단 위에 가지런히 정렬된 틀니를 끼워 보고 싶어 안달이었다.

치과 의사는 환자의 치골을 치료하거나 잇몸에 붙은 시커먼 치석을 긁어냈고, 아구아르디엔테 술로 입을 헹구도록 한 다음 틀니를 내놓았다.

「어때?」

치과 의사가 물었다.

「꽉 끼는 것 같아 입을 다물 수가 없어요.」

환자는 썩 내키지 않는 표정으로 툴툴거렸다.

「빌어먹을! 왜 이렇게 까탈스러워?」

치과 의사는 다른 것을 끼워 준 뒤에 똑같은 질문을 반복했다.

「이건 어때?」

「너무 헐거워요. 혹시 재채기를 하다가 입 밖으로 튀어나오기라도 하면 그땐 어떡하죠?」

「이런 우라질 친구 봤나. 어떡하긴 어떡해. 그야 감기에 걸리지 않으면 되지, 안 그래? 뭣하고 있어, 입 벌리지 않고!」

치과 의사와 환자의 실랑이가 끊이지 않는 회전의자 ─ 치과 의사는 낡은 회전의자가 하나 덜렁 놓여 있는 그곳을 진료소라고 불렀다 ─ 의 의미는 각별했다.

그것은 사모라 강과 야쿠암비 강 그리고 난가리트사 강 유역에 사는 부락민들에게 일종의 의료 기관인 셈이었다. 더욱이 가장자리와 발판에 흰색 에나멜이 칠해진 그 의자는 본래 이발소에서 사용하던 것을 개조한 것으로 그 무게가 얼마나 무거웠던지 수크레 호의 주인과 승무원들은 사방 한 팔 정도의 공간을 차지하는 받침대 위로 그 의자를 올려놓을 때마다 한바탕 곤혹을 치러야 했다.

「진료소에선 내가 명령하는 거야. 여기선 누구든지 내 말에 복종해야 한다, 이 말이야. 알았어? 여기서 내려간 뒤에는 날 보고 이빨 뽑는 놈이니, 잇몸을 파내는 놈이니, 헛바닥을 뒤적거리는 놈이니, 마음 내키는 대로 불러도 좋아. 그것보다는 술이나 한잔 산다면 더 좋겠지만 말이지.」

그러나 환자들 틈에서 절대자나 다름없는 치과 의사의 욕지거리를 들으면서도 재미있다는 듯이 키득키득 웃는 이들이 있었다. 그들은 진종일 진료소 주위에 앉아 있던 히바로 족 ─ 스페인 정복자들이 야만인이라는 뜻으로 붙여 준 별칭을 별다른 저항 없이 받아들인 인디오 ─ 원주민들로 북미의 아파치들처럼 백인들의 관습에 물들고 타락했다고 해서 같은 원주민인 수아르 족에 의해 쫓겨난 자들이었다. 수아르 족과 히바로 족 사이에는 분명한 차이가 있었다. 비밀스런 아마존 유역에 대해 정통한 수아르 족이 콧대가 세고 자부심이 강하다면, 백인들의 누더기 옷을 걸친 떠돌이 히바로 족은 술이나 한잔 얻어 먹을까 하고 이곳저곳을 기웃거리는 부류였다.

「빌어먹을! 지금 웃었단 말이지?」

치과 의사가 떠돌이 인디오들을 노려보며 신경질적으로 내뱉었다.

「하지만 네놈들도 언젠가는 내 손에 걸려들고 말걸. 이런 얼빠진 자식들 같으니라고.」

「우리 히바로들 이빨 좋다. 우리 히바로들 원숭이 고기 많이 잡아먹는다.」

히바로 족 인디오들은 강가의 조약돌로 날카롭게 다듬은 치아를 드러내며 낄낄대며 대답했다. 누군가가 관심을 가져 주는 것이 좋았던 것이다.

진료소에서는 새들이 깜짝 놀라 날개를 퍼덕거릴 정도로 커다란 비명 소리가 터져 나오기도 했다. 지독한 통증을 견디지 못한 환자가 입에서 치과용 핀셋을 빼내려고 기를 쓰며 내지르는 소리였다. 어떤 때는 핀셋을 붙잡은 채 차고 있던 낫칼에 손을 가져가는 환자도 있었다. 그러나 치과 의사는 한 걸음도 물러서지 않았다.

「이 사람아, 사내답게 굴어. 나도 자네가 아픈 줄 알고 있지만 아까도 말했잖아? 이건 내 잘못이 아니라 빌어먹을 정부 잘못이라고 말이야. 그러니 괜한 엄살 피우지 말고 가만히 있어! 차분하게 앉아서 자네가 불알 달린 사나이라는 것을 보여 달란 말이야!」

「그렇지만 아파서 혼이 달아날 판인데 어떡합니까? 의사 선생님, 우선 한잔 마시게 해줘요.」

그날도 루비쿤도 로아차민 치과 의사는 마지막 환자의 틀니를 끼워 준 것으로 치료를 끝냈다. 그는 보랏빛이 감도는 융단에 주인을 만나지 못한 틀니들을 감싼 뒤에 치료 기구들을 소독했다. 그런데 이제 막 돌아갈 시간이라고 중얼거리며 막 허리를 펴던 그의 시야에 한 척의 카누가 들어왔다. 그 카누는 선착장 쪽으로 다가오고 있었다.

카누를 수크레 호에 바싹 갖다 댄 인디오가 물살을 가르던 노로 배의 난간을 두드리자 얼굴에 따분함이 잔뜩 묻은 선장이 모습을 나타냈다. 이어 두 사람의 대화가 이루어졌다. 인디오는 침을 연신 내뱉으며 무엇인가를 설명했고, 그때마다 선장이자 주인의 표정이 차츰 일그러지고 있었다.

치과 의사는 수건으로 소독된 기구들을 잘 닦아 가죽 가방 속에 챙겨 넣은 뒤에 뽑은 치아들이 담긴 용기를 들고서 강가로 걸어갔다. 그가 낯익은 선장의 음성을 들은 것은 이제 막 그것들을 강물에 버리던 참이었다.

「의사 선생님, 아무래도 늦어질지 모르겠습니다. 이 인디오 친구가 양키 놈의 시체를 한 구 실어 왔더군요.」

치과 의사는 이제 막 그의 곁을 지나 읍사무소 쪽으로 걸어가는 선장과 수아르 족 인디오를 쳐다보며 언짢아지는 기분을 느꼈다.

젠장, 이게 어떻게 된 거야. 아무리 생각해도 이번 여행은 처음부터 잘못된 것 같았다. 배가 고장이 나서 수리를 하느라 거의 일주일이나 지체되는 바람에 우기까지 겹쳐 내심 돌아갈 뱃길을 걱정하고 있었던 참이다. 사실 수크레 호의 뱃길은 우기가 되면 비를 피하고자 덜 익은 바나나와 반쯤은 썩어 버릴 커피 자루 위로 널 따라 천막을 치는 바람에 불편하기 짝이 없었다. 그런데 비좁은 공간에 그물그네를 달아매는 일은 차치하고 자칫 시체까지 함께 가게 될 판이었으니 기분이 좋을 리가 없었다.

치과 의사는 승무원들의 도움으로 회전의자를 배에 올려놓은 뒤에 선착장 끝으로 걸어갔다. 그곳에는 한 노인이 그 일대에서 명성을 떨치는 의사의 출현은 안중에도 없다는 듯한 눈길을 보내고 있었다. 안토니오 호세 볼리바르 프로아뇨였다.

「영감, 아직 죽지 않았군.」

치과 의사가 먼저 인사를 건네자, 노인은 짐짓 양쪽 겨드랑이에 코를 쑤셔 박고 냄새를 맡더니 입을 열었다.

「아직은 냄새가 고약하지 않는 걸 보니 그런가 보구려.」

「틀니는 어떻게 된 거요?」

「그거야 여기 있죠.」

노인은 호주머니에 손을 넣어 색깔이 바랜 손수건을 꺼냈고, 그것을 펼쳐 치과 의사 앞에 내밀어 보였다.

「이런 답답한 친구 같으니. 그건 왜 들고 다니지?」

「그렇지 않아도 이제 막 끼우려던 참이었지요. 쓸데없이 끼고 다니면 닳기밖에 더하겠소?」

노인은 조심스럽게 틀니를 끼우고 혀를 끌끌 차더니 침을 뱉으며 아구아르디엔테가 가득 담긴 술병을 내밀었다.

「술? 좋지. 그렇지 않아도 한잔 할 생각이었소.」

「그랬을 거요. 기록은 깨지 못했지만 오늘도 썩은 이빨 스물일곱 개에 한 무더기나 되는 치근을 뽑아냈으니 말이오.」

「영감은 언제나 그렇게 개수를 헤아리시오?」

「친구니까요. 친구 사이란 그런 게 아닌가요? 아무튼 옛날만 해도 굉장했지요. 기억하시오? 해안 출신들이 무더기로 몰려와서 생떼를 부리던 날 말입니다.」

「가만, 그게 언제였더라?」

치과 의사는 고개를 갸우뚱거리며 혼잣말로 중얼거리듯 물었다.

「어떤 철부지 놈이 내기를 걸었다고 하면서 끝내 이를 몽땅 뽑아 버린 날 말입니다.」

노인이 씩 웃으며 대답했다.

그때서야 치과 의사는 기억을 더듬고자 고개를 들었

다. 이윽고 그의 뇌리에 한 인물의 모습이 떠오르고 있었다. 여전히 앳돼 보이던 얼굴, 해안 지방의 소작농 출신들이 즐겨 입던 옷차림, 맨발이 드러나는 발목에 은으로 만든 박차를 달고 있던 애송이…….

그 애송이는 거의 스무 명 남짓한 노다지꾼들과 함께 진료소에 나타나선 다짜고짜 의자에 털썩 주저앉았다. 몸을 제대로 가누지 못하고 비틀대거나 눈의 초점을 잃은 것으로 보아 하나같이 만취한 상태였다.

「그렇게 쳐다보지만 말고 말을 해.」

치과 의사가 시큰둥한 표정으로 다그쳤다.

「몽땅 다 뽑아요.」

애송이는 어이없이 쳐다보는 치과 의사의 눈길에는 신경도 쓰지 않으며 회전의자 옆에 놓인 탁자를 가리켰다.

「그리고 저 위에 하나씩 올려놓으시오.」

치과 의사 역시 물러설 인물이 아니었다.

「알았으니, 주둥이나 벌려.」

대부분 지독하게 썩은 충치였지만 치료를 받으면 쓸 만한 게 없지 않았다. 더욱이 한창 젊은 나이였다.

「건드리지 않아도 될 이가 많군. 게다가 이걸 다 뽑으려면 견적이 꽤나 나올 텐데, 돈은 있어?」

그러자 애송이는 걱정 말라는 뜻으로 눈알을 부라렸다.

「의사 선생, 여기 온 친구들은 나를 진정한 사나이라고 생각하지 않고 있소. 그래서 나는 이를 몽땅 뽑겠다고 말했소. 물론 이를 뽑는 동안 절대로 아프다는 소리를 내지 않는다는 조건도 달았고요. 다시 말해서 우리는 내기를 걸었다, 이거요. 그러니 난들 어떡합니까. 내가 이겨서 딴 돈을 의사 선생과 반반씩 나눌 수밖에.」

「웃기는 소리!」

그 순간 깔깔거리는 웃음소리에 이어 일행 중의 한 녀석이 끼어들며 소리쳤다.

「네 녀석은 두 개도 뽑기 전에 똥오줌을 못 가리며 네 엄마를 찾고 말걸!」

「이 사람아, 내가 보기에도 자넨 술이나 한 잔 더 걸치는 게 낫겠어.」

이번에는 치과 의사가 충고했다.

「그러면서 곰곰이 생각해 보란 말이야. 게다가 난 이런 얼빠진 짓거리에 끼어들 생각은 추호도 없으니까.」

「똑똑히 들으시오, 의사 선생!」

애송이는 날이 긴 칼의 손잡이를 어루만지면서 단호하게 말했다. 그의 눈빛에는 살기가 번득이고 있었다.

「만일 내가 이 게임을 이기지 못하게 되면 용서하지 않을 거요. 이 칼로 하나밖에 없는 당신의 목을 치겠다는 뜻이오. 알겠소?」

생사람 잡는 내기가 시작되었다.

환자 아닌 환자는 회전의자에 앉은 채 입을 벌렸다. 그리고 치과 의사가 뽑을 이의 숫자가 열다섯 개라고 일러주자 추기경의 가운 같은 보랏빛 융단 위에 금 쪼가리를 가지런히 내려놓기 시작했다. 도합 열다섯 조각이었다. 이 하나에 금 쪼가리가 하나씩 걸린 셈이었다. 이어 그 금 쪼가리 옆으로 애송이의 동료들 — 그의 편이든 반대편이든 — 의 금 쪼가리가 놓였다. 다섯 번째 이빨을 뽑고 나자 금 쪼가리의 숫자는 이미 세기도 힘들 정도로 늘어나 있었다.

환자 아닌 환자의 용기 아닌 용기는 대단했다. 일곱 개의 이가 뽑힐 때까지 얼굴 한 번 찡그리지 않았다. 날아다니는 파리의 날갯짓소리가 들릴 정도였다. 그가 잠시 한숨을 돌린 것은 여덟 개째 이를 뽑은 뒤였다. 그나마 흐르는 피를 더 이상 입 속에 담아둘 수 없었기 때문이다. 진료소 바닥은 이내 그가 내뱉는 핏물로 뒤범벅이 되었다. 하지만 그는 지독한 통증을 참기 위해 독한 술을 벌컥벌컥 들이키더니 계속하자는 제스처를 취했다.

결국 도살장에서나 볼 수 있을 어이없는 내기는 환자 아닌 환자의 승리로 끝났다. 애송이는 모든 사람들이 여전히 놀란 입을 다물지 못하는 가운데 자기 몫의 금 쪼가리를 세어 절반으로 나누었고, 잇몸밖에 남지 않은 입과 귀 끝까지 부어오른 턱으로 자랑스럽게 웃어 보이며 그 절반을 의사에게 내밀었다.

「하긴, 그때만 해도 좋은 시절이었지.」

치과 의사는 중얼거리듯 한마디 내뱉고는 입으로 술병을 가져갔다. 금방 목 안에서 뜨거운 불덩이가 활활 타오르는 느낌이 들었다.

「의사 선생님, 좋은 술을 마시면서 얼굴은 왜 찡그립니까? 그래도 이 술이 창자 속에 든 기생충을 죽인다는 거 아닙니까.」

노인은 술병을 받아들면서 우거지상을 짓고 있는 치과 의사에게 말했다.

그러나 두 사람의 대화는 더 이상 이어지지 못했다. 선착장 끝에 앉은 그들의 시야에 카누 두 척이 다가오고 있었던 것이다. 카누에는 축 늘어진 채 꿈쩍도 하지 않는 사람의 금발이 얼핏 드러나 보였다.

2

엘 이딜리오의 유일한 공무원인 뚱보 읍장은 누구에게나 두려움을 느끼게 만드는 권력의 대변자이자 절대적인 힘을 과시하는 인물이었다. 그는 쉴 새 없이 땀을 흘렸다. 수크레 호에서 내린 순간부터 연신 땀을 흘리고 손수건을 쥐어짜는 바람에 이내 증기탕이라는 별명까지 얻게 된 뚱보에 대한 주민들의 시선은 처음부터 곱지 않았다. 사람들은 산악 지대의 어느 도시에서 근무하던 그가 공금을 횡령하다 들통 나서 밀림의 오지인 엘 이딜리오로 좌천된 것이라고 수군댔다.

뚱보 읍장에 대한 소문은 많았다. 뚱보는 거의 매일 읍사무소에 처박혀 하루를 보냈다. 그의 일과는 흐르는 땀을 손수건으로 훔쳐 내지 않으면 비축해 둔 맥주를 축내는 일이 전부였다. 그는 맥주가 아깝다는 듯 조금씩 꼴짝꼴짝 마셨는데, 이는 맥주가 떨어지는 순간에 자신이 처한 현실이 더욱더 절망적일 수밖에 없음을 잘 아는 까닭이었으리라. 그런 뚱보가 금주를 한 적도 있었다. 하지만 본의 아닌 그 금주는 — 어쩌다 운이 좋아 위스키를 들고 찾아오는 양키들에 의해 보상받은 적도 있었지만 — 주민들과 달리 아구아르디엔테를 마시지 않는 술버릇 탓이었다. 프론테라 상표가 붙은 아구아르디엔테를 마시면 유령에게 쫓기는 꿈을 꾼다고 믿었던 것이다.

뚱보는 — 언제부터였는지 확실치 않지만 — 원주민인 인디오 여자와 함께 살았다. 그러나 여자의 마법에 걸려든 것으로 생각한 그는 걸핏하면 무지막지한 손찌검을 해댔다. 여자가 뚱보를 살해할 것으로 믿는 사람들은 그 날짜까지 꼽아 가며 내기를 걸 정도였다. 그런 뚱보가 한때는 월요일만 되면 — 마치 강박 관념에 빠진 사람 같았다 — 선착장에 세워진 막대기에 깃발을 단 적도 있었다. 그의 기이한 월요병은 어느 날 불어 닥친 태풍에 깃발이 날아가면서 사람들의 기억에서도 사라지고 말았지만 말이다.

이렇듯 뚱보 읍장에 대한 소문이 많은 만큼 주민들의 원성과 증오 역시 끊이지 않았다. 그는 7년 전에 엘 이딜리오로 부임할 때부터 독단적인 전횡을 일삼으며 납득할 수 없는 명목들을 내세워 툭하면 세금을 거둬들였다. 그는 법적 통치가 미치지 않는 지역에서의 수렵과 어로 생활까지 간섭하며 허가증을 발부하거나 밀림의 습목들을 모아 땔감으로 쓰려는 사람들에게 사용세를 징수한다고 설쳐 대는가 하면, 공적인 업적 쌓기에 사로잡혀 오두막을 짓고선 풍기 문란죄를 적용하여 주정꾼들에게 벌금을 내지 않으면 그곳에 잡아 가두겠다고 엄포를 놓기도 했다.

뚱보의 전횡이 심해질수록 주민들은 전임 읍장을 그리워했다. 실제로 뚱보에 비하면 전임 읍장은 주민들의 전폭적인 지지와 신임을 받았다. 그는 밀림에선 누구에게나 살아가는 방식이 있고, 그렇게 살아가도록 내버려 두는 게 최선책이라고 믿는 사람이었다. 따지고 보면 엘 이딜리오에 배가 들어오고 우편집배원과 치과 의사가 정기적으로 들르게 된 것도 그의 덕분이었다. 하지만 그의 임기는 오래가지 못했다. 어느 날 노다지꾼들과 말다툼을 벌인 그가 이틀 후에 시체 — 밀림용 낫칼에 두개골이 열린 그 몸뚱이의 절반은 이미 개미들이 갉아먹어 형체조차 없었다 — 로 발견되었다. 아무튼 그 사건으로 적도 지방인 엘 이딜리오는 한때나마 행정권이 사라졌고, 행정의 공백 상태는 중앙 정부에서 경계가 일정치 않는 밀림 지역을 보호할 관리자로 범죄자인 뚱보를 파견할 때까지 두 해 동안 지속되었다.

뚱보 읍장이 선착장에 모습을 나타냈다. 그는 손수건으로 얼굴과 목에 흘러내리는 땀을 훔친 뒤에 그것을 비틀어 짜면서 시체를 선착장 위로 끌어올리라고 지시했다.

얼추 40대 성인 남자로 보이는 시체는 금발에 근육질이었다.

「어디서 발견했지?」

뚱보가 물었다. 그러나 두 명의 수아르 족 인디오는 서로를 쳐다보며 머뭇거렸다. 누가 먼저 어떻게 대답해야 할지 망설이는 눈치였다.

「이 야만인들은 스페인말을 모르나?」

뚱보가 채근했다.

「상류다. 여기서 이틀 걸린다.」

한 인디오가 마음을 먹은 듯 뚱보의 말을 받았다.

「그 상처 부위를 볼 수 있도록 해봐.」

뚱보가 이맛살을 잔뜩 찌푸리며 지시했다.

인디오가 시신의 머리를 읍장 쪽으로 돌려놓자 여기저기서 탄식의 소리가 흘러나왔다. 차마 눈을 뜨고는 볼 수 없는 처참한 모습이었다. 좌측 눈동자가 여전히 파란빛을 띠고 있는 반면 우측 눈은 이미 해충들에게 파먹혀 형체를 알아보기 힘들 정도였다. 턱부터 우측 어깨까지 날카롭게 파인 자국과 함께 너덜너덜한 핏줄이 드러나고 상처 부위는 하얀 구더기들이 꿈틀거리고 있었다.

「더 볼 것도 없어. 네놈들 짓이니까.」

뚱보가 손가락으로 인디오들을 가리키며 말했다.

「아니다. 우리 수아르 족 사람 안 죽인다.」

인디오들이 흠칫 뒤로 물러서며 대답했다.

「거짓말 마. 네놈들이 긴 낫칼을 휘두른 거야. 여기 상처 부위가 그렇게 말하고 있어.」

「아니다. 우리 수아르 족 사람 안 죽인다.」

그러나 그 순간 뚱보가 권총 손잡이로 인디오의 머리를 향해 내려쳤고, 그 바람에 인디오의 이마 위로 피가 흘러내렸다.

「누구 앞에서 속이려는 거야. 네놈들이 이 백인을 죽인 게 틀림없어. 그러니 잔말 말고 따라와. 읍사무소에 가면 다 불게 될 테니까.」

이어 뚱보는 수크레 호의 주인을 쳐다보며 덧붙였다.

「선장은 배로 가서 이 야만인들을 데려갈 수 있도록 조처하시오.」

수크레 호의 주인은 대답 대신 어깨를 흠칫했다. 모든 것을 분부대로 하겠다는 의미였다. 바로 그때 누군가가 앞으로 나섰다.

「이렇게 끼어들어 죄송하지만 읍장님은 단단히 오해를 하고 있군요.」

노인이었다. 그는 단호하게 잘라 말했다.

「저건 낫칼 자국이 아닙니다.」

「오라, 영감이었군.」

뚱보는 노인을 보자 땀에 전 손수건을 다시 힘껏 쥐어짜며 입을 열었다.

「당신이 뭘 안다고 나서는 거야?」

「그야 뻔한 일이니까요.」

노인은 그렇게 말하고 시체 쪽으로 다가갔다. 그는 상체를 숙여 손가락으로 상처 부위를 만졌다.

「잘 들으시오. 보시다시피 상처 부위에는 심하게 긁힌 자국이 나 있소. 그런데 이 부위를 자세히 살펴보면 윗부분은 깊게 파였지만 밑으로 내려갈수록 약하게 긁혀 있다는 사실을 알 수 있을 것이오. 보고 있소? 게다가 이 자국은 하나도 아니고 네 개요.」

「빌어먹을! 그래서 그게 어쨌다는 거야?」

「날이 네 개인 낫칼은 없다는 뜻이오. 물론 이 자국은 낫칼 자국이 아니라 발톱 자국이란 말도 덧붙여야 하겠지요. 이건 살쾡이 발톱 자국이오. 나이 든 짐승이 이자를 죽인 거란 말입니다. 내 말을 믿지 못하면 직접 와서 냄새를 맡아 보시오.」

「냄새라니?」

뚱보는 손수건으로 목덜미에 흐르는 땀을 훔치며 말했다.

「영감 눈깔에는 이미 썩어 가는 살점이 보이지도 않아?」

「내 말을 못 믿겠다면 가까이 다가와서 냄새를 맡아 보시라니까요!」

노인은 지지 않고 뚱보를 채근했다.

「죽은 자든 구더기든 하나도 무서워할 거 없소. 걱정하지 말고 이 사람의 옷이나 머리 냄새를 맡아 보란 말입니다.」

뚱보는 우거지상을 지으며 마지못해 노인의 말을 따랐다. 그는 겁먹은 강아지처럼 금방이라도 도망칠 듯한 표정을 지으며 코를 킁킁거렸다. 그 뒤를 따라 주위에서 서성거리던 사람들도 시신으로 다가가 냄새를 맡기 시작했다.

「무슨 냄새인 것 같소?」

노인이 엉거주춤한 자세를 취한 채 코를 쑤셔 박고 있는 읍장에게 물었다.

「그걸 내가 어떻게 알아? 피 냄새와 구더기 냄새밖에 나지 않는데 뭘 더 맡아 보란 말이지?」

뚱보가 시큰둥한 목소리로 대답했다.

「이건 고양이 오줌 냄새구먼.」

그때 몰려든 구경꾼들 중의 한 사람이 말했다.

「바로 그거요. 이건 암컷이지. 아주 큰 암고양이가 싸지른 오줌 냄새라고.」

노인이 그 말을 정정했다.

「하지만 냄새 따위로는 아무것도 증명할 수 없어.」

뚱보가 자신의 권위를 되찾고자 주위를 수습했다.

그러나 주위의 시선은 이미 읍장이 아니라 노인에게 집중되어 있었다. 다시 시체로 다가간 노인은 손으로 상처 부위를 만지며 중얼거리듯 입을 열기 시작했다.

「암놈이 분명해. 아마 수놈은 그 근처를 어슬렁거리고 있었을 거야. 어쩌면 그놈도 상처를 입었을 테니까. 아무튼 암놈은 이 사람을 죽이자마자 오줌을 갈겼어. 수컷을 찾는 사이에 다른 짐승들이 이 시체를 건드리지 못하도록 말이지.」

「가만 두고 보자니까 귀신 씻나락 까먹는 소릴 지껄이고 있군.」

뚱보가 냉소를 감추지 않고 잘라 말했다.

「이번 사건은 이 야만인들이 사람을 살해하고 고양이 오줌을 뿌린 게 틀림없어. 이놈들은 얼마든지 그럴 족속들이니까.」

그 순간 인디오들이 그렇지 않다는 제스처를 취하면서 앞으로 나섰다. 그러나 그들은 뚱보가 내민 총구 앞에서 입을 다물 수밖에 없었다.

「읍장 각하, 하지만 이자들이 무슨 이유로 그런 짓을 했겠소?」

이번에는 치과 의사가 끼어들었다.

「이유라니?」

뚱보가 이맛살을 찌푸리며 치과 의사를 노려보았다.

「의사 선생, 당신이 그런 질문을 하다니 이거 정말 뜻밖이군. 이놈들은 물건을 훔치려고 사람을 죽였소. 그것말고 무슨 이유가 있단 말이오? 당신도 알다시피 이놈들은 눈에 보이는 게 없는 야만인들이오.」

노인은 답답한 표정으로 고개를 흔들며 치과 의사를 쳐다보았다. 그 눈빛 속에서 노인의 의지를 확인한 치과 의사는 시체의 유류품을 선착장의 판자 위에 늘어놓는 일을 거들기 시작했다.

선착장 위에는 죽은 자의 손목시계, 나침반, 돈이 든 지갑, 벤젠이 채워진 라이터, 말 머리 형태의 메달이 달린 은 목걸이 등이 차례대로 놓여졌다. 그것만이 아니었다. 노인의 지시에 따라 인디오가 카누에서 옮겨 온 녹색 배낭이 열리자 사냥용 엽총의 탄약통과 소금에 절인 살쾡이 가죽이 다섯 점이나 나왔다. 하나같이 손가락 길이보다 짧은 크기의 그 얼룩무늬 가죽들은 썩은 냄새를 풍기고 있었다.

「읍장 각하, 이것으로 결론은 난 것 같구려.」

치과 의사가 더 볼 것도 없다는 듯한 표정을 지으며 말했다. 그러자 뚱보는 손수건으로 땀을 닦을 생각조차 잊은 채 마치 누군가 나서 주기를 기대하는 눈빛으로 주위를 둘러보았다. 그의 시선이 밀림의 원주민인 수아르 족 인디오들에게, 그곳으로 이주해 온 부락민들에게 그리고 노인에게 옮겨 가고 있었지만 반대 의견을 내놓는 사람은 아무도 없었다.

그 순간 뚱보의 결정을 더 기다리지 못한 수아르 족 인디오들이 카누로 뛰어내렸다. 그들은 아까부터 — 정

확히 말해 배낭에서 살쾡이 가죽이 나온 순간부터 ──
심상치 않은 표정과 제스처를 교환하며 연신 무슨 말인
가를 주고받고 있었다.

「멈춰!」

뚱보가 그들을 향해 총구를 겨누며 소리쳤다.

「네놈들은 어떤 결정이 내려질 때까지 여길 떠날 수
없어. 알았나? 결정은 내가 한단 말이야.」

「저 원주민들에게는 그럴 만한 사정이 있을 것이니 놔
두시지요.」

이번에는 노인이 그들 사이에 끼어들었다.

「결정은 내가 해!」

뚱보가 소리쳤다.

「아직도 상황을 파악하지 못했소?」

노인은 뚱보를 쳐다본 채 천천히 고개를 저으며 살쾡
이 가죽 하나를 집어 들어 그 앞으로 던졌다. 이미 온몸
이 땀으로 범벅이 된 뚱보는 얼떨결에 그것을 받아 들고
메스꺼운 표정을 지었다.

「읍장 각하, 난 각께서도 이곳에서 살 만큼은 살았
다고 생각합니다.」

노인은 짐짓 깍듯하게 예의를 갖추며 입을 열기 시작
했다.

「그런데도 여태껏 이곳을 모르고 있으니 다시 말씀드
릴 수밖에요. 이 불쌍한 양키 놈은 살쾡이 새끼들을 쏴

죽이고 수놈에게 상처를 입혔단 말입니다. 자, 저 하늘을 쳐다보시오.」

뚱보는 고개를 들고 하늘을 쳐다보았다. 온몸에 땀이 줄줄 흐르고 있었지만 닦을 생각도 하지 않았다. 주위에 모여 있던 사람들 역시 고개를 들었다.

「보시다시피 하늘은 이미 시커먼 먹장구름으로 뒤덮였소.」

노인의 말이 계속되고 있었다.

「밀림의 짐승들이 다 그렇듯 우기를 감지한 암살쾡이는 첫 이삼 주 동안 새끼들에게 줄 먹이를 구하고자 사냥에 나섰을 것이오. 물론 그동안 젖도 떼지 않은 새끼들을 지키는 일은 당연히 수놈 몫이었지요. 하지만 양키 놈이 나타나 그 짐승들을 쏴 죽이고 말았소. 수놈과 새끼들을 가릴 것 없이 닥치는 대로 말이오. 아직도 이해하지 못하겠소? 그런데 먹이 사냥에서 돌아온 암놈이 그걸 본 거요. 그때 암놈의 심정은 어땠을까요? 그 짐승은 슬픔과 고통을 이기지 못한 채 주위를 배회하다 반쯤은 미쳐 버렸을 것이고, 마침내 복수를 결심했을 것이오. 인간 사냥에 나선 거지요. 하지만 불쌍한 양키 놈은 자기 옷에 어린 짐승들의 젖 냄새가 배는 것도 모르고 가죽을 벗기느라 정신이 없었을 테니, 영악한 짐승으로선 그 인간을 찾는 일이 누워서 식은 죽 먹기보다 쉬웠을 것이오. 그렇지 않았겠소? 그래서 암놈은 인간을 덮쳤소. 그 결과가 바로 우리들 앞에 있으니 똑똑히 보시오. 암살쾡이는 말 그대로 인간 사냥에 성공했단 말이오. 아시겠소? 하지만 문제는 지금부터요. 그 짐승은 모든 인간을 살인자로 각인한 데다 인간의 피맛까지 보았으니 앞으로 일어날 일은 아무도 예측할 수 없게 되었소. 알겠습니까? 그러니 이 순간에 읍장 각하께서 하실 일은 딱 한 가지, 저 인디오들을 보내 주는 것이오. 저 원주민들은 자기 부족이나 인근에 거처하는 이주민들에게 그 사실을 알려야 할 필요가 있으니까요. 빌어먹을! 어쩌면 지금 이 순간에도 모든 걸 체념한 암살쾡이는 인간의 피 냄새를 찾아 부락 주위로 다가오고 있을지도 모르오. 젠장! 이 모든 게 저 불쌍한 양키 자식 때문에 생긴 일이란 말입니다. 아시겠소? 이 가죽들을 잘 보시오. 손바닥만도 못 되는 걸 벗겨서 뭘 어쩌자는 건지! 우기가 들이닥치는데 사냥을 나서다니 그게 어디 말이나 될 짓이오? 어린 짐승의 가죽에 뚫린 총구멍을 보시오. 당신은 수아르 족을 의심했지만 정작 욕을 얻어먹을 놈은 그들이 아니라 여기 뒈져 있는 양키 놈이오. 이 빌어먹을 백인은 사냥이 금지된 기간에 사냥을 나섰고, 사냥이 금지된 짐승까지 총으로 쏴 죽였단 말이오. 게다가 나는 수아르 족이 무기를 사용하지 않는다는 사실을 누구보다 잘 알고 있소. 이것은 불쌍한 백인의 시체가 짐승에게 물어뜯긴 장소로부터 한참 떨어진 곳에서 발견되었다는 사실만으로도 충분히 증명될 것이오. 그래도 내 말을 못 믿겠소? 그렇다면 이 백인의 장화를 똑똑히 쳐다보시오. 이런 식으로 뒤축이 닳고 셔츠의 가슴팍 부분이 찢겨진 것은 암살쾡이가 백인을 죽인 뒤에 꽤나 멀리 끌고 갔다는 걸 대변하고 있소. 불쌍한 양키 녀석 같으니. 이 인간은 죽기 전에 무시무시한 공포에 떨었을 거요. 목덜미가 발톱에 갈기갈기 찢긴 상처를 보시오. 이것은 백인이 숨이 멎기 전에 적어도 반 시간 동안은 단말마의 최후에 놓였음을 의미하고 있소. 인간의 목덜미에서 떨어지는 피를 흠뻑 들이킨 암살쾡이는 개미들이 몰려들지 못하도록 강으로 끌고 갔을 것이고, 혹시라도 다른 짐승들이 접근할까 봐 오줌을 싸서 영역 표시를 한 뒤에 수놈을 찾아 나섰을 것이오. 다시 말해, 수아르 족들이 백인의 시체를 발견한 순간 암살쾡이는 이미 그곳을 떠났다는 겁니다. 읍장 각하, 내 얘기를 알아들었다면 지금 당장 저 인디오들이 떠나도록 허락하고, 강가에서 야영을 하는 노다지꾼들에게도 이 사실을 전하도록 지시해야 하지 않을까요? 되풀이하지만 비탄에 빠진 암살쾡이는 스무 명의 살인자들보다 더 위험한 존재라는 걸 잊지 마시오.」

뚱보 읍장은 말이 없었다. 노인의 긴 설명에 귀를 기울이던 주위 사람들 역시 한동안 할 말을 잊고 있었다. 수아르 족 인디오들이 카누를 타고 떠나는 광경을 시큰

둥하게 지켜보던 뚱보는 거대한 몸을 일으켜 세우더니
엘 도라도 경찰서에 보낼 공문을 작성하기 위해 황급히
자리를 떴다.

  폭풍우 직전의 고요함에 휩싸인 가운데 읍사무소로부
터 느릿느릿한 속도로 타자기 두드리는 소리가 흘러나
오고 선착장에는 읍장의 지시를 받은 두 사람이 관처럼
생긴 나무 궤짝을 만들고 있었다.
  수크레 호의 주인이자 선장은 숨이 턱턱 막히는 날씨
속에서 연신 욕설을 퍼붓고 있었다. 나무 궤짝과 시신
사이에 소금을 채워 넣는 일과 그 시신을 싣고 항해하는
일이 자신의 몫이라고 생각하니 은근히 부아가 치밀어
올랐던 것이다.
  법에 따르면 밀림에서 발견된 사람의 시체는 목 부위
에서 생식기 바로 윗부분까지 절개한 다음 내장을 꺼내
그 안에 소금을 가득 채워 목적지까지 인도해야 한다고
명기되어 있었지만 그것에는 모순이 없지 않았다. 이번
일이 그랬다. 이주민이나 원주민과 달리 백인의 시체일
경우, 그 시신을 건드리지 않고 상자 속에 소금만 채워
목적지까지 옮겨야 한다는 조항 때문에 시신의 내장에
서 살을 뜯어먹는 구더기까지 통째로 싣고 간 꼴이 되어
막상 목적지에 닿게 되면 시신은 없고 악취를 풍기는 빈
상자만 내려놓는 꼴이 될 게 뻔했다. 수크레 호의 주인

이자 선장이 투덜대는 것은 그런 까닭 때문이었다.

한편 치과 의사와 노인은 가스통 위에 걸터앉은 채 흐르는 강물을 쳐다보며 백인의 시체 때문에 잠시 끊겼던 모처럼의 해후를 이어가고 있었다. 두 사람은 술병을 주고받으며 습기에도 쉽게 풀어지지 않는 질긴 잎의 궐련을 태웠다.

「정말 대단했소!」

치과 의사가 입 속에 한 모금의 술을 털어 넣은 뒤에 말했다.

「안토니오 호세 볼리바르, 나는 왜 여태까지 당신이 멋진 탐정이라는 생각을 못했지? 아무튼 영감은 오늘 위대한 뚱보 각하를 벙어리로 만들었소. 뚱보 자식은 그 많은 사람들 앞에서 무안을 당했으니 당분간은 민망해서 고개도 들지 못할 거요. 사실 난 진작부터 히바로 족이 그 자식 배에 창이라도 꽂아 주길 은근히 기대하고 있었소.」

「어차피 뚱보는 그 여자의 손에 죽게 되어 있소. 가슴에 품었던 증오가 폭발하는 순간 말이오. 본래 그런 일은 시간문제가 아니던가요?」

「흠, 그건 그렇고……」

치과 의사가 갑자기 무슨 생각이 났다는 듯 노인의 말을 막았다.

「그 양키 놈 때문에 깜박 잊고 있었는데, 이번에도 소설책으로 두 권 가져 왔소.」

그 순간 노인의 눈이 빛났다.

「연애 소설인가요?」

치과 의사가 대답 대신 고개를 끄덕였다.

「가슴 아픈 얘긴가요?」

노인이 다시 물었다.

「영감은 목 놓아 울고 말걸.」

치과 의사가 확신에 찬 어조로 대답했다.

「서로를 진정으로 사랑하는 사람들이 나오나요?」

「이 세상에서 어떤 연인들도 그들만큼은 사랑하지 못했을 거요.」

「서로가 슬픈 일을 겪는가 보군요.」

「난 가슴이 찢어지는 것 같아서 차마 견딜 수가 없었소.」

치과 의사는 노인의 질문에 꼬박꼬박 대답하고 있었지만 사실은 책장조차 넘기지 않았다.

루비쿤도 로아차민은 노인이 책을 가져다 달라고 부탁하자 처음에는 그저 아무거나 가져다주면 되리라고 생각했다. 하지만 그는 사랑하는 사람들이 만나서 고통과 불행을 겪다가 결국은 행복하게 되는 내용을 원한다는 노인의 독서 취향을 듣게 되자 난감한 기분이 들었다. 과야킬에 있는 서점에 들러〈연인들이 사랑으로 인해 고통을 겪지만 결국은 해피 엔드로 끝나는 소설책을 주시오〉라고 말하는 자신의 모습이 우스꽝스럽게 여겨졌던 것이다. 그 말을 들은 사람들은 보나마나 그를 주책없는 노인네라고 비웃을 게 틀림없었다.

그러나 치과 의사의 고민은 해안에 있는 어느 창녀촌 — 그는 흑인 여자를 좋아했는데, 무엇보다 흑인 여자는 녹아웃된 복싱 선수가 벌떡 일어설 만큼 독특한 말솜씨가 있고, 다음은 침대에서 섹스를 하는 동안 땀을 흘리지 않는다는 것이 이유였다 — 에서 의외로 쉽게 해결되었다. 그는 팽팽한 북 가죽처럼 매끈하고 팽팽한 피부를 지닌 호세피나와 한참 시시덕거리다 우연히 서랍장 위에 가지런히 놓여 있는 책들을 보았다.

「너도 책 읽을 줄 알아?」

치과 의사가 지나가는 말투로 물었다.

「그럼요. 하지만 아주 천천히 읽어야 돼요.」

여자가 자랑스럽게 대답했다.

「네가 좋아하는 책은 어떤 건데?」

「그야 연애 소설이죠.」

흑인 여자는 그 이유를 묻는 치과 의사의 질문에 안토니오 호세 볼리바르와 똑같은 식으로 대답했다. 그리하여 그날 이후로 호세피나는 치과 의사의 침실 파트너와 문학 비평가라는 두 가지 역할을 번갈아 가며 담당했고, 6개월마다 한 번씩 나름대로 눈물 없이 볼 수 없다고 생각되는 두 권의 연애 소설을 골랐다. 물론 그것들은 나

중에 노인이 난가리트사 강 앞에 있는 그의 오두막에서
고독을 달래며 읽고 또 읽게 될 텍스트였다.

책을 받아 든 노인은 한동안 말이 없었다. 그는 두 손
에 쥐어진 소설책들을 살펴보았다. 내용이야 들여다볼
겨를이 없었지만 왠지 책표지가 마음에 들었다.

그사이 누군가 그들에게 다가와 치과 의사를 찾았다.
선착장에서 선장과 승무원이 나무 궤짝을 배 위로 올리
는 모습을 지켜보고 있던 뚱보가 보낸 사람이었다.

「읍장님께서 세금 내는 것을 잊지 말라고 전하랍니다.」

치과 의사는 미리 준비한 지폐를 건네며 입을 열었다.

「내가 감히 누구 앞에서 세금을 떼어먹겠는가? 읍장
각하에게 가거든 이 사람은 모범적인 국민이라고 말씀
드리게.」

잠시 후 지폐를 받아 든 읍장이 한 손을 이마 앞으로
가져가며 치과 의사에게 인사를 보냈다.

「저 뚱보 자식은 나에게도 그런 식으로 세금을 빼앗아
가더군요.」

노인이 책에서 눈길을 떼며 한마디 거들었다.

「그랬을 거요.」

치과 의사가 그 말을 받았다.

「하지만 정확히 말하면 세금이 아니라 착취지. 본래
정부란 국민들을 뜯어먹고 사는 개자식들에 의해서 유
지되니까. 우린 그나마 강아지를 만난 게 다행인 줄 알

아야 할 거요.」

무덥고 숨 막히는 날씨 속에서도 밀림의 시간은 거침 없이 흐르는 푸른 강물처럼 빠르게 지나가고 있었다.

「보아하니 무슨 걱정이 있는 것 같구려.」

치과 의사가 말했다. 언뜻 노인의 얼굴에 드리운 그늘 을 보았던 것이다.

「그렇게 담아 두면 병이 되니 속 시원하게 털어놓으 시오.」

「잘 보셨소.」

노인이 한숨을 내쉬며 대답했다.

「사실은 아까부터 마음이 편치 않군요. 보나마나 저 증기탕 녀석은 밀림을 수색한다고 설쳐 댈 것이고, 그렇 게 되면 나를 부를 게 틀림없소. 하지만 난 이번 일만큼 은 내키지 않아요. 의사 선생은 그 상처를 못 보셨소? 그 짐승은 발톱 길이만 해도 5센티미터가 넘어요. 영악 한 짐승이 굶은 데다 새끼들까지 잃어 거의 반쯤은 미쳐 있을 텐데, 그런 그놈을 누가 감히 당해 내겠소?」

「그거야 가지 않겠다고 버티면 될 일 아닌가요? 게다 가 당신은 이제 그런 일에 나서기엔 너무 늙었소.」

「허허, 꿈속에서라도 그런 생각은 접어 두시죠. 이래 봬도 새장가나 한 번 더 들었으면 하니까요. 기다려 보 시오. 혹시라도 의사 선생에게 나의 대부가 되어 달라고 부탁할지도 모르니, 그때는 놀라지나 마시오.」

「우리끼리 있으니 묻는 말인데, 올해 당신 나이가 어떻게 되오?」

「꽤나 먹었지요. 서류에야 예순 정도로 적혀 있지만 호적에 등재할 때만 해도 걸어 다녔으니 아마 칠십 줄에는 들어섰을 거요.」

그러나 두 사람의 대화는 거기서 다시 끊어졌다. 출항을 알리는 수크레 호의 타종 소리가 들려오고 있었다.

선착장을 떠난 수크레 호가 강줄기를 따라 차츰 멀어지고 있었다.

노인은 천천히 강굽이를 돌아 나가던 배가 그의 시야에서 완전히 사라지자 그날만큼은 사람들을 만나지 않으리라고 마음먹었다. 그는 틀니를 빼내 손수건으로 감싼 뒤에 두 권의 책을 가슴에 꼬옥 껴안고서 강 앞에 있는 그의 오두막을 향해 발걸음을 떼었다.

3

안토니오 호세 볼리바르 프로아뇨는 글을 읽을 줄은
알아도 쓸 줄은 몰랐다. 그가 쓸 줄 아는 글자라고는 그
의 이름이 전부였다. 하지만 선거철에 선거인 명부 같은
공문서에 기입하는 서명 외에 사용할 기회가 없다 보니,
글을 쓴다라기보다는 그림을 그린다는 표현이 더 어울
렸고 이제는 그 글 쓰는 방법조차 거의 잊고 있었다.

노인은 천천히, 아주 천천히 책을 읽었다. 그의 독서
방식은 간단치 않았다. 먼저 그는 한 음절 한 음절을 음
식 맛보듯 음미한 뒤에 그것들을 모아서 자연스러운 목
소리로 읽었다. 그리고 그런 식으로 단어가 만들어지면
그것을 반복해서 읽었고, 역시 그런 식으로 문장이 만들
어지면 그것을 반복해서 읽고 또 읽었다. 이렇듯 그는
반복과 반복을 통해서 그 글에 형상화된 생각과 감정을
자기 것으로 만들었던 것이다.

음절과 단어와 문장을 차례대로 반복하는 노인의 책

읽기 방식은 특히 자신의 마음에 드는 구절이나 장면이 나올 때도 마찬가지였다. 그는 도대체 인간의 언어가 어떻게 해서 그렇게 아름다울 수 있는가를 깨달을 때까지, 마침내 그 구절의 필요성이 스스로 존중될 때까지 읽고 또 읽었다. 그러기에 그에게 책을 읽을 때 사용하는 돋보기가 틀니 다음으로 아끼는 물건이 되는 것은 너무나 당연했다.

노인은 사탕수수대로 엮은 오두막에 살았다. 거의 열 평 남짓한 작은 공간을 차지하고 있는 것은 단출한 생활 용품을 제외하면 황마로 짠 침대용 그물그네와 석유풍로가 놓인 맥주 상자와 다리가 긴 탁자가 전부였다. 그 중에서 눈에 띄는 것은 기이하게 느껴질 정도로 다리가 긴 탁자였다. 그것은 그가 난생 처음으로 등에 통증을 느끼던 순간에 어찌할 수 없는 세월의 무게를 절감하고서 가능한 한 의자에 앉지 말아야겠다고 다짐하며 만든 식탁이자 책상이었다. 그는 강가로 난 창문을 통해 푸른 강물을 쳐다보며 그 탁자 위에 음식을 차려 선 채로 먹거나 연애 소설을 읽었다.

출입문 옆에는 너덜너덜 올이 풀린 수건과 1년에 두 번 갈아 끼우는 비누 ─ 기름 냄새나는 커다란 비누는 가히 만능이나 다름없었는데, 그것으로 옷을 빨고 그릇들을 씻는 것은 물론 머리를 감거나 목욕을 했다 ─ 가 놓여 있고, 그물그네의 발치 쪽에 위치한 벽에는 그림이 하나 걸려 있었다.

그 그림은 산간 지방 출신의 어떤 화가가 그린 젊은 남녀의 인물화였다. 그 속에 있는 남자는 안토니오 호세 볼리바르 프로아뇨였다. 그는 오로지 초상화가의 상상 속에서만 존재했던 하얀 와이셔츠와 넥타이를 맨 정장 차림이었다. 반면에 그의 여자인 돌로레스 엔카르나시온 델 산티시모 사크라멘토 에스투피냔 오타발로는 그 당시에 존재했고, 지금도 뇌리에 둥지를 튼 고독의 등에처럼 노인의 기억 속의 한 귀퉁이에 여전히 존재하는 의상과 장신구 차림으로 묘사되어 있었다. 그녀의 얼굴은 머리에 두른 청색 벨벳 수건과 두 갈래로 나누어 길게 늘어뜨린 뒤에 식물성 기름을 발라 윤기가 자르르 흐르는 검은 머리칼 그리고 귀에 달린 원형의 귀걸이며 목에 두른 여러 개의 띠 모양의 목걸이와 나름대로 조화를 이루면서 자못 위엄 있게 보였다. 또한 그녀의 조그맣고 붉은 입술은 오타발로 지방풍의 화려한 색실로 자수가 놓인 가슴을 강조하는 블라우스 위에서 살짝 미소 짓고 있었다.

동갑인 두 사람은 임바두라 화산 근처의 산간 지방인 산 루이스에서 살던 어릴 때부터 알고 지내던 사이였다. 그들은 만 열세 살의 나이에 장래를 약속했고, 어린 나이에 감당하기 힘든 짓을 벌였다는 생각에 부끄러워 두 해나 참석하지 못했던 축제 기간이 끝나자 결혼했다.

어린 부부는 결혼 후 처가에서 살았다. 홀아비였던 여자의 부친이 그를 보살피고 그를 위해 기도를 해주면 모든 재산을 물려준다고 약속했던 것이다. 그러나 어린 부부가 열아홉 살이 되던 해 세상을 떠난 홀아비가 그들에게 남긴 것은 두 가족이 먹고 살기도 힘든 손바닥만 한 땅뙈기와 시신을 땅에 묻을 비용조차 못 되는 가축 몇 마리가 전부였다.

세월이 흘러가고 있었다. 그동안 남자는 그의 땅은 물론이고 남의 땅도 일구었다. 입에 풀칠을 하기도 힘든 빠듯한 생활에 넘쳐난 게 있었다면, 그것은 그의 아내 돌로레스 엔카르나시온 델 산티시모 사크라멘토 에스투피냔 오타발로의 마음을 부글부글 끓게 만든 사람들의 험담이었다. 달거리는 거르지 않고 때가 되면 지긋지긋할 정도로 찾아 들었지만 자식이 없었던 것이다.

소문은 눈덩이처럼 불어나고 있었다. 본래 불임이라고 말하는 나이 든 여자들이 있는가 하면, 그녀의 초경을 봤는데 죽은 난자들뿐이었다고 거드는 여자도 있었다. 나중에는 다들 애도 갖지 못하는 여자라고 수군대며 손가락질했다. 남자는 그때마다 아내를 위로했고, 사방팔방으로 용하다는 의원들을 찾아다니며 잉태에 도움이 된다는 약초들을 구해 먹였다. 그러나 모든 게 허사였다. 달이 지날 때마다 아내는 수치심을 삭히기 위해 집안 구석에 처박히기 일쑤였다. 그러던 어느 날, 남자는 그들 부부가 끝내 고향을 떠나기로 결심할 수밖에 없는 무례한 말을 들었다.

「문제는 자네 쪽일 수도 있어. 무슨 말인지 알겠나? 그러니 자네 처를 산 루이스 축제에 혼자 내보내게.」

그들은 그의 아내를 6월 축제에 보내 가톨릭 신부가 등을 돌리자마자 시작되는 난장판에 참가하도록 제안했던 것이다. 그것은 성당 바닥에 앉아 원액의 사탕수수 술을 질펀하게 퍼 마신 뒤에 정신을 못 차린 사람들이 어둠 속에 뒤섞여 살을 섞는 일이었다.

그는 사육제의 사생아로 태어날지도 모르는 자식의 아버지가 되는 것을 거절했다. 마침 아마존 유역을 개발한다는 계획이 그의 귀에 들린 것도 그 즈음이었다. 정부는 거대한 토지 개발을 발표했고, 인접국인 페루와 끊임없이 마찰을 빚고 있는 지역으로 이주하는 자국민들에게 기술 원조를 아끼지 않는다고 약속했다. 그는 고심 끝에 기후와 토양이 바뀌다 보면 두 사람 중에 어느 누가 되었든 정상적인 상태로 돌아올 수도 있다는 생각을 하게 되었다.

두 사람은 산 루이스 축제 기간이 가까워지기 전에 간단히 세간을 꾸리고 여행길에 올랐다. 어떤 때는 마냥 걷고, 어떤 때는 버스나 트럭에 올라타서 이동하는 긴 여정이었다. 두 사람은 도중에 각지의 기이한 관습이나 풍물을 보았는데, 사모라나 로하를 지날 때는 아타우알

파[1]의 죽음을 기리며 검은색의 옷 입기를 끝끝내 고집하는 사라구루스 족 인디오들을 만나기도 했다. 그들이 1차 목적지라고 할 수 있는 엘 도라도 하구에 도착한 것은 마을을 떠난 지 보름이 지난 후였다. 그곳에서 목적지까지는 카누 여행이었다. 그들은 사지 한 번 마음껏 펴지 못한 상태에서 강을 거슬러 올라갔고, 마침내 강물이 굽어지는 곳에 위치한 부락에 닿았다. 다시 일주일이 지난 후였다.

두 사람이 정부가 말한 〈약속의 땅〉 엘 이딜리오에서 맨 처음 본 것은 건물 한 채가 전부였다. 그것은 아연판을 붙여 만든 건물로 사무실과 종자나 연장을 보관하는 창고로 쓰이는 동시에 그들처럼 먼 곳에서 이주해 온 사람들이 임시로 거주하는 숙소로 사용되고 있었다.

간단한 수속 절차를 마치자, 두 사람의 손에는 개간자임을 증명하는 커다란 도장이 찍힌 서류 하나가 쥐어졌다. 아울러 그들에게 배정된 것은 2헥타르의 밀림 외에 두 자루의 낫칼과 삽과 쟁기 그리고 바구미가 파먹은 두어 자루 분량의 씨앗이었다. 물론 결코 실현되지 못할 기술 지원 역시 빠지지 않았다.

두 사람은 사탕수수 줄기로 얼기설기 엮은 오두막을 짓자마자 숲을 개간하기 시작했다. 그러나 이른 새벽부

1 Atahuallpa(1502~1533). 잉카의 마지막 황제. 스페인 정복자들에 의해 처형됨.

터 죽자 살자 일해서 나무 한 그루나 칡넝쿨 한 뿌리 혹
은 이름 모를 풀 몇 포기를 뽑으면 밤이 되었고, 다음 날
새벽에 나가 보면 그곳에는 마치 복수라도 하듯 새로운
식물이 고개를 내미는 꼴이었다. 첫 우기에 접어들었을
때는 가져온 식량마저 바닥이 나 있었다. 눈앞이 깜깜했
지만 도대체 무엇을 어떻게 해야 하는지 알 길이 없었
다. 낡은 엽총을 가진 개간자들도 있었지만 그들 역시
비슷한 처지였다. 게다가 밀림의 동물들은 하나같이 재
빠르고 영악했다. 눈앞에서 펄쩍 뛰어오르며 슬쩍슬쩍
빠져나가는 강물의 물고기들까지 그들을 비웃는 것 같
았다.

이윽고 세상에 태어나서 한 번도 경험하지 못한 우기
가 시작되었다. 무지막지하게 불어나는 강물이 뿌리 채
뽑힌 거대한 나무 등걸이나 부패되어 몸집이 부풀어 오
른 동물들의 시체를 휩쓸어 가고 있었다. 기적을 기다리
는 것 외에 달리 방도가 없었다. 한편 초기에 그곳을 찾
은 이주민들이 죽어 가고 있었다. 이름도 모르는 열매를
먹다 죽은 사람들과 느닷없이 찾아 든 열병에 걸려 시름
시름 앓다가 목숨을 잃은 사람들이 태반이었다. 그들 중
에는 보아뱀의 입 속으로 들어간 사람들도 적지 않았다.
거대한 파충류가 인간의 몸을 칭칭 감아서 커다란 주둥
이 속으로 서서히 밀어 넣는 장면은 도저히 눈을 뜨고
볼 수 없는 악몽이었다.

두 사람은 고립된 채 체념 상태에 빠져 들었다. 우기에 맞선다는 것은 더 이상 무의미한 일이었다. 게다가 잠시 폭우가 멈춘 틈을 타서 무차별하게 달라붙는 모기떼는 피를 빨아먹는 것도 부족해서 따끔따끔한 통증과 함께 불에 덴 듯 시뻘건 화농 자국을 살갗에 남겨 놓았고, 우기에 굶주린 짐승들은 밤새 오두막 주위에서 무섭게 으르렁거리며 잠을 이루지 못하도록 만들고 있었다.

두 사람 앞에 일단의 무리들이 나타난 것은 모든 것을 운명에 내맡기고 마지막 순간을 기다리던 참이었다. 반쯤 벌거벗은 몸에 얼굴과 머리와 팔을 여러 가지 과즙으로 색칠한 그들은 그곳의 원주민인 수아르 족 인디오들이었다. 두 사람을 보다 못한 인디오들이 동정심을 느낀 나머지 구원의 손길을 뻗쳤던 것이다.

그때부터 두 사람은 사냥하는 법, 물고기를 잡는 법, 폭우에 견딜 수 있는 튼튼한 오두막을 짓는 법, 먹을 수 있는 과일을 고르는 법을 배웠다. 그중에서도 가장 중요한 것은 밀림의 세계에서 자연과 더불어 사는 기술을 터득한 일이었다.

우기가 지나가자 두 사람은 쓸데없는 짓이라고 경고하는 인디오들의 도움을 받아 밀림을 개간하고 첫 씨앗을 뿌렸다. 그러나 그것은 무의미한 일이었다. 땅이 끊임없는 비에 씻겨 내린 바람에 씨앗은 필요한 자양분을 제대로 흡수하지 못해 꽃도 피우기 전에 시들거나 해충에 갉아먹혔고, 그나마 살아남은 작물도 다음 우기에 접어들면서 첫 폭우와 함께 죄다 떠내려갔던 것이다.

돌로레스 엔카르나시온 델 산티시모 사크라멘토 에스투피냔 오타발로는 두 번째 해를 넘기지 못했다. 그녀는 말라리아에 걸려 뼈를 태울 듯한 고열로 신음하다 세상을 떠나고 말았다. 그 순간 안토니오 호세 볼리바르 프로아뇨는 자신이 고향에 돌아갈 수 없음을 알았다. 가난한 사람들은 모든 것을 용서해도 실패만큼은 용서하지 않는다는 것을 알고 있었기에 그곳에 남아서 사라진 기억들을 보듬고 살아야 한다고 결심했다. 저주받은 땅을 증오한 그는 그의 사랑과 꿈을 빼앗아 간 푸른 지옥의 세계에 복수하고 싶었다. 눈을 감으면 아마존 밀림이 거대한 불길에 휩싸이다 잿더미로 변하는 꿈을 꾸었다. 그러나 그가 밀림을 증오한 만큼이나 밀림을 모르고 있다는 자신의 무력함을 깨닫기까지는 오랜 시간이 걸리지 않았다.

그는 수아르 족이 사냥을 나가면 따라 나섰다. 그들에게서 들소, 들쥐, 카르핀초, 몸집이 작은 멧돼지, 원숭이, 새, 파충류 등을 잡는 방법을 배웠다. 사냥감을 발견하면 소리 나지 않게 다가가서 입으로 부는 화살로 감쪽같이 처치하거나 창을 던져 눈앞에서 날쌔게 움직이는 물고기를 잡았다. 그는 그사이에 그들의 언어도 익혔다.

그는 인디오들과 함께 생활하는 동안 자신이 가톨릭

을 믿는 농부라는 사실을 훌훌 떨쳐 버렸다. 새로 이주
해 온 개간자들이 정신 나간 사람으로 쳐다보았지만 원
주민인 인디오들처럼 거의 벌거벗은 몸으로 돌아다녔
다. 자유라는 말은 한번도 생각한 적이 없었지만 밀림에
서 자신의 자유를 마음껏 누렸다. 그사이 차츰 밀림의
세계에 눈을 뜬 그는 주인 없는 푸른 세계에 매료되어
마음속에 간직해 오던 증오심을 잊었다.

그는 배가 고프면 가장 맛있는 과일들을 골라 먹었다.
움직임이 늦어 보이는 물고기는 잡을 생각조차 하지 않
았고 숲 속에서 동물의 발자국을 쫓다가도 구미가 당기
면 입으로 부는 화살을 쏘아 잡았다. 밀림의 밤을 느끼
고 싶으면 카누 위에 몸을 눕히고 친구가 그리울 때면
수아르 족을 찾았다.

수아르 족은 늘 다정하게 그를 맞이했다. 그들은 음
식을 나눠 먹거나 세 개의 통나무가 받치고 있는 화덕
주변에 앉아 엽궐련을 태우면서 이야기꽃을 피우기도
했다.

「우리를 어떻게 생각해?」

그들이 연신 침을 뱉어 가며 물었다.

「어떻게 생각하긴. 꼬리긴원숭이들만큼이나 상냥하
고, 술 취한 앵무새들만큼이나 말도 많고, 악마들만큼이
나 소리를 내지르는 악바리들이지 뭐.」

그들은 그 말이 맞다면서 한바탕 웃음을 터트렸고,

그것도 부족한지 방귀를 크게 뀌며 흡족한 기분을 표시했다.

「그쪽은 어때? 자네가 살던 곳 말이야.」

「춥지. 아침과 저녁은 몸이 꽁꽁 얼 정도야. 그래서 그곳에선 양털로 짠 폰초를 두르고 머리에 모자를 쓴다네.」

「그러면 냄새가 지독하겠는걸. 똥을 누고선 폰초로 밑을 닦을 테니까 말이지.」

「천만에, 그렇지는 않아.」

그는 키득거리는 인디오들을 쳐다보며 덧붙였다.

「하지만 그곳에선 날씨가 춥기 때문에 여기처럼 아무 때나 몸을 씻을 수 없다는 것은 사실이지.」

「거기 원숭이들도 사람들처럼 폰초를 걸치나?」

「그곳처럼 아주 높은 고산 지방은 여기처럼 원숭이나 멧돼지가 살지 않아. 그래서 사냥도 하지 않지.」

「그러면 뭘 먹고 사는데?」

「뭘 먹고 살긴, 감자나 옥수수 같은 것을 먹고 살지. 사육제가 되면 돼지나 닭을 잡아먹고 장이 서는 날이면 토끼 고기도 먹지만 말이야.」

「사냥을 하지 않으면 뭘 하는데?」

「일을 하지. 해가 떠서 해가 질 때까지 말이야.」

「저런 바보들 같으니라고, 다들 왜 그렇게 멍청하지?」

안토니오 호세 볼리바르 프로아뇨는 밀림에서 5년을 지내고 나자 그곳을 떠날 수 없다는 사실을 알았다. 그

것은 어느 날 예기치 않은 두 개의 이빨이 전해 준 메시
지가 결정적인 계기가 되었다.

그날 그는 밀림에서 입맛에 맞는 과일을 찾고 있었다.
그때만 해도 이미 수아르 족을 통해 어느 정도 많은 것
을 터득한 — 숲 속에서 소리 나지 않게 맨발로 이동하
고 눈과 귀로 숲 속의 사소한 움직임이나 소리까지 포착
하는 방법 그리고 어떠한 순간에도 낫칼을 놓치지 않는
기술을 배운 — 뒤였다. 그런데 손으로 딴 과일을 모으
다가 순간적인 부주의로 낫칼을 떨어뜨린 그가 그것을
줍고자 상체를 숙인 순간 오른쪽 손목에 뜨거운 불침에
쏘인 듯한 기분을 느꼈다. 〈X뱀〉의 독이빨이 박혔던 것
이다.

그러나 밀림의 세계에 익숙해진 그의 반응 또한 빨랐
다. 그는 통증을 참으며 사라진 뱀을 찾았다. 몸뚱이 길
이만 해도 거의 한 걸음이나 되는 파충류는 상대방을 물
고 난 뒤 땅에서 X자 형태로 기어 — 그 동작에서 뱀의
이름이 유래되었다 — 숲 속으로 도망치고 있었다. 그
는 낫칼을 집어 들고 눈을 부라리며 파충류를 뒤쫓았
고, 결국은 두 개의 독이빨이 박힌 오른손으로 낫칼을
휘둘러 기어이 그놈의 몸뚱이를 토막 내고 말았다. 얼
마나 정신없이 휘둘렀던지 파충류의 몸에서 나온 독액
이 사방으로 튀면서 그의 눈을 가릴 정도였다. 그렇지
만 뱀의 독은 이미 그의 몸에 퍼지고 있었다. 손을 더듬

어 파충류의 머리를 손에 쥔 그는 차츰 자신이 죽어 가고 있다는 것을 느끼며 수아르 족의 부락을 향해 걸음을 떼었다.

그는 수아르 족 인디오들을 보았으나 입술을 뗄 수가 없었다. 이미 혀와 사지가 굳었고 부풀어 오른 몸은 금방이라도 터져 버릴 것 같았다. 그는 간신히 뱀 대가리를 보여 준 뒤에 의식을 잃었다.

안토니오 호세 볼리바르가 눈을 뜬 것은 여러 날이 지난 뒤였다. 몸은 여전히 부푼 상태에다 체온을 앗아 가는 고열 때문에 머리끝에서 발끝까지 바들바들 떨고 있었지만 수아르 족의 주술사를 보는 순간에 자신이 살아 있다고 생각했다.

그때부터 주술사의 집요한 처방이 시작되었다. 약초에서 짜낸 액체로 독을 제거하고 불기운이 사라진 재로 몸을 닦아 내자 열이 내리면서 악몽도 사라졌다. 이어 원숭이의 골수와 간과 콩팥으로 만든 식이 요법이 시작되었고, 결국 3주일 만에 걸을 수 있게 되었다. 하지만 그는 주술사의 엄격한 지시에 따라 몸이 회복되기 전에는 부락을 떠날 수 없었다.

「자네 몸에는 아직도 독이 남아 있어. 그러니 이제부터는 뱀에게 물리더라도 견딜 수 있을 만큼의 독을 남기고 나머지는 다 제거할 걸세.」

주술사의 처방을 따르는 수아르 족 여자들의 간호 또

한 냉정하고 끈질겼다. 덕분에 그는 몸에 남은 독을 배출하기 위한 처방 — 특히 오줌을 배설하기 위해 — 에 따라 여자들이 가져다주는 약초 즙이나 탕약을 한 번도 사양할 수 없었다.

그의 몸이 완쾌되자 무수한 선물이 안겨졌다. 수아르 족 인디오들은 그의 뺨을 때리면서 화살집, 투창 한 묶음, 강물 진주 목걸이, 투칸 새의 깃털로 꼬아 만든 끈을 주었다. 그들의 손바닥 세례는 그들 나름대로 의미 있는 표시였다. 그들은 뱀에게 물린 것이 나무 사이에 숨은 딱정벌레나 개똥벌레가 가짜 별빛을 내는 것처럼 인간을 골려 주고 싶은 어린 신이나 장난꾸러기 신들이 조그만 심술을 부린 것에 지나지 않으니 두려워하지 말라고 다독거려 주었다. 아무튼 그게 그들 말처럼 신의 장난이었든 현실이었든 그는 뱀의 독이빨로 인해 밀림의 세계에 발을 들여놓는 초보자의 통과 의례를 치른 셈이 되었다.

수아르 족 인디오들의 축하 세례는 거기서 끝나지 않았다. 그들은 그의 몸에 현란한 보아뱀의 색깔을 칠해 주며 함께 춤을 추자고 권했다. X뱀에 물린 뒤에 죽지 않고 살아남은 사람들을 위해 베푸는 〈뱀의 축제〉였다.

그들은 축제가 끝나자 나테마를 권했다. 그가 생전 처음 마신 달콤한 그 액체는 야우아스카나무 뿌리를 삶아서 만든 일종의 환각제였다. 이내 의식이 몽롱해진 그는 그 상태에서 끊임없이 변하는 세계로부터 떼려야 뗄 수 없는 부분이 되어 있는, 저 무한한 녹색 밀림 세계의 일원이 되어 있는, 마치 수아르 족처럼 생각하고 느끼고 있는 자신을 보았다. 그는 수많은 장신구와 사냥 도구를 몸에 걸친 노련한 사냥꾼이 되어 형체도 크기도 없는, 냄새도 소리도 없는, 오로지 두 개의 노란 눈이 번득이는, 뭐라고 설명할 수 없는 어떤 동물의 발자국을 뒤쫓고 있었다. 결국 X뱀 사건은 그를 밀림의 세계에 머물게 만든 해독할 수 없는 암시가 되었던 것이다.

나중에는 누시뇨라는 친구도 생겼다. 그 역시 수아르 족 인디오였지만 다른 부락 — 그란 마라뇬 강의 무수한 지류들 사이에 위치한 어느 원주민 부락 — 출신이었는데, 페루 군 소속의 밀림 개발 원정대가 쏜 총에 등을 맞고 카누에 실려 떠돌다가 안토니오 호세 볼리바르가 머물던 숨비의 수아르 족에게 발견되었던 것이다. 수아르 족은 온몸이 피투성이가 된 채 거의 의식을 잃은 누시뇨를 치료했다. 그리고 건강이 회복되자 그를 부락에 머물도록 허락했다. 물론 같은 혈통이기에 가능한 일이었다.

안토니오 호세 볼리바르와 누시뇨는 친구가 되어 함께 밀림을 누볐다. 누시뇨는 타고난 인디오 전사였다. 그는 기발한 재치와 유머를 지닌 데다 허리가 강하고 어깨가 떡 벌어진 탓인지 사냥이나 수영에서 타의 추종을 불허했다.

두 사람은 이따금 덩치가 큰 짐승의 발자국을 발견하면 공동 사냥에 나섰다. 그들은 짐승이 남긴 배설물로 이동 경로나 위치를 파악한 뒤 조심스럽게 그 뒤를 추적했고, 목표물이 사정권에 들어왔다 싶으면 각자의 역할로 들어갔다. 안토니오 호세 볼리바르는 도주 예상지에 매복하고 누시뇨는 숲 속에서 짐승을 뒤쫓아 결국은 독이 묻은 투창을 쏘아서 쓰러뜨렸다. 이따금 두 사람은 멧돼지를 잡아 그 유역을 개발하러 온 이주민들에게 팔았고, 그 돈으로 필요한 낫칼이나 소금을 사기도 했다.

안토니오 호세 볼리바르는 누시뇨와 함께 사냥을 하지 않는 날이면 혼자 독사를 잡으러 나섰다. 그는 뱀을 만나면 날카로운 쉿소리를 내며 가까이 다가갔고, 한 손으로 연신 허공을 휘저어 뱀의 혼을 빼놓은 뒤에 재빨리 모가지를 움켜쥐었다. 그의 동작은 민첩하고 정확했다. 그는 거의 최면에 걸려 있다가 정신을 차리고 바동거리는 파충류의 대가리를 미리 준비한 호리병 속에 처박았다. 그리고 독을 마지막 한 방울까지 뺄어 내어 더 이상 증오의 시선을 보낼 만한 힘도 없이 축 처진 뱀을 숲 속으로 던져 버렸다. 독은 값이 많이 나갔다. 1년에 두 번씩 해독용 혈청을 만드는 연구소에서 사람이 나와 맹독이 든 호리병을 회수해 갔던 것이다.

어떤 때는 의외로 움직임이 빠른 파충류에 물린 적도

있었지만 당황하지 않았다. 두꺼비처럼 몸이 붓고 고열이 오르는 가운데 헛소리를 지껄이기도 했지만 이미 면역이 되어 있었던 터라 며칠 후면 감쪽같이 회복된다는 사실을 잘 알고 있었던 것이다. 그는 이따금 이주민들에게 자신의 팔에 난 상처나 뱀에 물린 자국을 보여 주며 은근히 자랑하기도 했다.

안토니오 호세 볼리바르는 밀림에 적응하고 그 생활에 익숙해졌다. 그는 고양잇과 맹수들처럼 단단한 체격과 날렵한 순발력을 발휘하여 수아르 족 못지않게 짐승의 발자국을 뒤쫓을 수 있었고, 수아르 족 못지않게 헤엄을 칠 수도 있었다.

그러나 그는 밀림에 대한 지식과 경험을 충분히 갖추었지만 수아르 족은 될 수 없었다. 모든 면에서 수아르 족이었으나 동시에 수아르 족이 아니었다. 수아르 족이 아니었기에 일정한 시기가 돌아오면 그들의 부락을 떠나 혼자 지내야 했다. 물론 그에게는 서운한 일이었지만 수아르 족 인디오들은 차라리 그가 수아르 족이 아니라는 사실을 은근히 반겼다. 다시 말해 그들은 그와 다시 만나는 순간에 그간에 보고 싶었던 감동을 느끼고 싶었던 것이다.

세월이 흘러갔다. 그는 계절이 바뀌고 또 바뀌는 동안 그 부락의 비밀과 의식도 알게 되었다. 그중에는 죽은 자들의 오그라든 머리를 향해 치르는 제식도 있었는데,

그는 산 자들과 함께 그 자리에 참석하여 죽은 자의 용기와 죽은 자의 영원한 평화를 기원하는 송가 〈어넨트〉를 불렀다. 또한 그는 이제 〈떠날 시간이 되었다〉고 결정한 부락의 노인들을 위해 베푸는 고결한 의식에도 참여했다. 그들은 임종을 앞둔 노인이 치차 즙과 나테마 즙을 마시고 그 효과로 이미 예정된 내세의 문을 통과하는 동안 스르르 잠이 들면 그 육신을 부락에서 멀리 떨어진 곳으로 데려가서 온몸에 달콤한 종려나무 꿀을 바르고, 그다음 날 죽은 자로 하여금 저 세상에서 현명한 나비나 물고기나 동물로 다시 환생하길 축원하는 어넨트를 읊조리면서 밤사이에 개미들에 의해 완전하게 육탈이 된 하얀 분골을 수습했다.

안토니오 호세 볼리바르 프로아뇨가 수아르 족과 지낼 때는 연애 소설을 찾지 않았다. 문득 외롭다거나 여자가 그리울 때도 있었지만 수아르 족이 아니었기에 그 부족에서 아내를 맞이할 수도 없는 노릇이었다. 물론 예외의 경우가 없지는 않았다. 여느 때처럼 우기에 그를 맞이한 한 수아르 족이 자신의 신분과 가문에 영광이라고 운을 뗀 뒤에 자신의 아내들 중에서 한 여자를 받아들여 달라고 간청했던 것이다.

수아르 족 인디오에 의해 점지된 여자는 그를 데리고 강가로 나갔다. 그녀는 어넨트를 읊조리며 그의 몸을 씻기고 향수를 뿌려 주었다. 이어 오두막으로 돌아온 두 사람은 돗자리 위에 누워서 화톳불을 향해 두 발을 든 채 서서히 몸을 녹이며 살을 섞었다. 그사이 그들 육체의 아름다움을 묘사하는, 쾌락의 기쁨을 노래하는 여자의 콧소리 섞인 어넨트는 끊임없이 계속되고 있었다. 그것은 순수한 사랑이었다. 오로지 사랑 그 자체를 위한 영원한 사랑이었다. 소유도 질투도 없는 사랑이었다. 그 순간을 누시뇨는 이렇게 말한 적이 있었다.

「어느 누구도 초탈의 순간에 있는 타인의 천국을 자기 것으로는 삼을 수 없지.」

다시 세월이 흘러가고 있었다. 난가리트사 강을 바라보면 세상의 모든 시간이 아마존 유역 어딘가로 달아나 버린 것 같은 고즈넉한 느낌이 들었지만 실상은 그렇지 않았다. 하늘을 나는 새들은 무지막지한 문명이 서쪽으로부터 아마존의 거대한 몸집을 파헤치며 그들 가까이로 다가서고 있음을 알고 있었다.

거대하고 육중한 기계들이 길을 낼 때마다 수아르 족은 그만큼 바쁘게 움직여야 했다. 그들은 이미 한곳에서 3년 동안 머물던 관습을 지키지 못하고 있었다. 3년이란 기간은 자연이 다시 회복할 수 있는 최소한의 시간적 여유였지만 달리 방도가 없었다. 그들은 오두막을 철거하고 죽은 영혼들의 유골을 챙겨 여전히 처녀림을 간직하고 있는 은밀한 지역을 찾아서 동쪽으로 이동했다.

난가리트사 강 유역으로 이주민들이 불어나고 있었

다. 그들은 이주 정책 초기와 달리 목축지와 임업지를 불하한다는 정부의 약속을 믿고 온 사람들이었다. 그러나 그들 중에는 일정한 목표도 없이 오로지 일확천금을 노리고 찾아 든 노다지꾼이나 술을 들여와 의지가 약한 이주민들을 타락시키는 사람들도 많았다.

어느 날 사냥을 나간 안토니오 호세 볼리바르는 입으로 부는 화살이 목표물을 벗어나자 자신이 늙었음을 깨달았다. 비로소 떠날 때가 되었던 것이다. 그날 하루 종일 생각에 잠겨 있던 그는 엘 이딜리오에 정착해서 사냥을 하며 살아가기로 마음의 결정을 내렸다. 수아르 족과 생활했지만 그들처럼 스스로 죽음의 순간을 결정하고 환각 속에서 세상을 떠난다거나 그들처럼 자신의 육신을 개미들에게 갉아먹히는 존재가 될 수 없었고, 설사 그런 기회가 주어진다 하더라도 마지막 모습이 너무나 슬퍼서 견딜 수 없을 것 같았다. 안토니오 호세 볼리바르의 불길한 예견은 의외로 빨리 현실화되고 있었다.

그즈음의 어느 날이었다. 숲 속에서 한참 카누를 만들고 있던 그는 강기슭으로부터 들려오는 총소리 — 물론 그 순간까지만 해도 그는 그 총소리가 자신을 떠나게 만드는 결정적인 신호가 될 줄은 꿈에도 생각하지 못했다 — 를 들었다.

총소리가 난 쪽을 향해 정신없이 뛰어간 그는 그곳에서 울고 있는 수아르 족 인디오들을 보았다. 그들은 떼

죽음을 당한 채 강물 위에 떠 있는 물고기 떼와 강변에서 총을 겨누고 있는 일단의 외지인들을 손가락으로 가리켰다. 다섯 명의 백인 노다지꾼들이었다. 그들은 길을 낸답시고 다이너마이트를 터뜨려서 물고기 산란장인 저수지의 둑을 폭파했는데, 그 소리를 듣고 인디오들이 몰려오자 두렵고 당황한 나머지 총을 난사하며 배를 타고 도망쳤던 것이다.

안토니오 호세 볼리바르는 백인들이 그 싸움에서 이길 수 없다는 것을 잘 알고 있었다. 곧바로 지름길을 달려간 인디오들이 미리 길목을 차단한 채 입으로 독이 묻은 화살을 불어 도망가는 백인들을 해치운 것은 간단한 일이었다. 하지만 그 와중에서 백인 한 사람이 필사적으로 그곳을 빠져나갔고, 헤엄을 쳐 강을 건너자마자 숲속으로 사라지고 말았다.

한편 그는 총에 맞은 두 명의 수아르 족 인디오를 살피고 있었다. 한 인디오는 근거리에서 쏜 산탄에 머리가 깨져 그 자리에서 절명했고, 또 한 인디오는 가슴 부위가 열린 채 가쁜 숨을 몰아쉬면서 마지막 순간을 맞이하고 있었다. 친구 누시뇨였다.

「더럽군, 이런 식으로 떠나야 하다니……」

누시뇨는 고통을 참아 가며 눈빛으로 화살집에 든 독화살을 가리켰다.

「나는 차분하게 떠나지 못하고 숲에 부딪치고 만 거

64

야. 눈이 먼 슬픈 새처럼 말이지…… 그러니 자네가 도와
주게나, 친구…….」

이어 누시뇨는 주위에 몰려든 동료들을 차례대로 쳐
다본 뒤, 그리고 안토니오 호세 볼리바르에게 뱀에 물렸
을 때 수아르 족 인디오들이 도와준 빚을 갚아야 할 순
간이 왔다는 말을 남기며 눈을 감았다.

안토니오 호세 볼리바르는 즉시 화살집을 챙겨 헤엄
을 쳐서 강을 건넜다. 도망친 백인은 체념 상태에서 너
무 많은 흔적을 흘렸던 터라 찾을 필요조차 없었다. 몇
백 걸음도 못 가서 발견된 노다지꾼은 잠든 보아뱀 앞에
서 벌벌 떨고 있었다.

「왜 그런 짓을 했소? 무슨 까닭으로 총질을 했느냐,
이 말이오!」

그는 총을 겨누는 백인을 쳐다보며 차분하게 따지듯
이 물었다.

「야만인, 그 야만인들은 어디 있지?」

백인은 대답 대신 그에게 총을 겨눈 채 물었다.

「다들 저 강 건너에 있으니 더 이상은 뒤쫓지 않을 것
이오.」

백인은 그 말을 듣자 한숨을 내쉬며 총을 내려놓았다.
그 순간 수아르 족이 아닌 수아르 족의 입으로 부는 화
살이 허공을 갈랐다. 그러나 예전의 그가 아니었다. 노
다지꾼은 비틀거렸지만 쓰러지지는 않았다. 결과가 그

렇게 되자 달리 방법이 없었다. 수아르 족이 아닌 수아르 족은 몸을 날렸다. 그리고 생각보다 만만치 않은 백인의 손에서 가까스로 엽총을 빼앗아 손에 넣었다. 한번도 잡아 본 적이 없는 무기였다. 하지만 그는 백인이 손을 뻗어 낫칼을 찾아 더듬거리자 본능처럼 방아쇠에 걸린 손가락을 잡아당겼다. 그의 눈앞에서 탄음에 놀란 새들이 공중으로 날아오르고 있었다.

무시무시한 총소리에 놀라기는 수아르 족 아닌 수아르 족도 마찬가지였다. 그는 얼떨결에 백인에게 다가갔다. 복부에 두 발을 맞은 노다지꾼은 고통을 참지 못하고 비틀거렸다. 그는 백인이 내지르는 비명도 아랑곳하지 않고 발목을 붙잡아 강가로 끌고 갔지만, 이제 막 백인을 안고서 헤엄을 치는 순간에 그가 죽었다는 것을 느꼈다.

건너편 강가에는 수아르 족들이 그를 기다리고 있었다. 그러나 그를 도와 노다지꾼의 시체를 강기슭으로 끌어올리던 인디오들은 탄식과 함께 울음을 터트렸다. 그들은 누시뇨 때문에 울고 있었던 것이다.

수아르 족은 아니었지만 그들과 생활했기에 수아르 족이나 다름없던 안토니오 호세 볼리바르 프로아뇨는 그렇게 해서 마침내 그곳을 떠나게 되었다. 그들은 만일 그가 백인인 노다지꾼에게 용감하게 싸울 수 있는 기회를 준 다음 독화살로 끝장냈더라면 죽은 백인의 얼굴에 그 용기가 남아 누시뇨가 평온하게 눈을 감을 수 있었지만 총을 맞았기에 백인의 얼굴이 놀라움과 고통에 일그러져 저 세상으로 떠날 수 없다고 생각했고, 그로 인해 누시뇨의 영혼은 눈이 먼 앵무새로 날아다니다 나뭇가지에 부딪히거나 잠이 든 보아뱀의 꿈자리를 사납게 만들어서 그들의 사냥을 방해할 것으로 믿고 있었다. 결국 그는 자신과 수아르 족의 명예를 더럽혔을 뿐만 아니라 그로 인해 친구 누시뇨에게 영원한 불행을 가져다주고 말았던 것이다.

그들은 서로 얼싸안고 작별의 눈물을 흘렸다. 수아르 족 인디오들은 먹을 것과 카누를 내주면서 앞으로 그를 반갑게 맞이할 수 없고, 그들의 부락에 들르는 것은 가능해도 그곳에 머물 수 없다고 말했다.

수아르 족 인디오들은 안토니오 호세 볼리바르의 카누를 밀어 준 뒤, 그의 모습이 멀리 사라지자 발자국을 지웠다.

4

안토니오 호세 볼리바르 프로아뇨가 엘 이딜리오에 도착한 것은 닷새 후였다. 엘 이딜리오는 변해 있었다. 20여 채의 집들이 강을 마주하며 길게 열을 이루고, 그 끝에는 정면에 〈읍사무소〉라는 황색 간판이 걸린 그럴 듯한 건물이 하나 서 있었다.

그는 강변에 있는 선착장을 지나 자신의 팔에 힘이 빠졌다고 생각되는 지점에 이르자 카누에서 내렸고, 그곳에 오두막을 지었다. 그가 무기 ― 그가 죽이고 말았던, 그나마 방법조차 잘못되었던 백인의 유일한 유품인 14구경의 레밍턴 엽총 ― 를 들고 숲 속으로 들어가는 모습을 본 주민들은 그를 야만인으로 여긴 나머지 일부러 피하기도 했지만 얼마 지나지 않아서 그가 없어서는 안 될 존재라고 생각하게 되었다.

밀림은 새로이 정착한 이주민이나 금을 찾는 노다지 꾼들 때문에 심한 몸살을 앓고 있었다. 그로 인해 사나

워지는 것은 짐승들이었다. 조그만 평지를 얻고자 무차별하게 벌목을 해대는 바람에 보금자리를 잃은 매가 노새를 물어뜯고 번식기에 접어든 멧돼지가 사나운 맹수로 돌변하기도 했다.

코카의 원전 회사에서 근무하는 양키들까지 짐승들을 괴롭히는 것에 한몫 거들었다. 그들은 마치 큰 전투라도 치를 듯한 화기로 무장한 채 떠들썩하게 나타나서 눈앞에 보이는 것은 가차 없이 갈겨 댔다. 특히 살쾡이 사냥을 나설 때면 어미건 새끼건 가릴 것 없이 사살 — 무려 열 마리 이상을 죽인 적도 있었다 — 한 뒤에 그 가죽을 벗겨 말뚝에 걸어 놓고 사진기 앞에서 포즈를 취하기도 했다. 그들이 떠나고 나면 짐승의 가죽은 누군가 그것을 강으로 던지기 전까지 그대로 썩어 갔고, 그사이 살아남은 살쾡이들은 마치 보복이나 하듯 황소들의 내장을 드러내고 있었다.

안토니오 호세 볼리바르는 밀림의 황폐화를 진행시키는 이주민들을 저지하고자 나름대로 안간힘을 다했다. 그러나 문명의 이기 앞에서 더 이상 견디지 못한 동물들은 수아르 족 인디오들처럼 새로운 거처를 찾아 밀림 깊숙한 곳으로 옮겨 가고 있었다. 이른바 에덴의 동쪽을 향한 필수 불가결한 선택이자 탈출이었다.

안토니오 호세 볼리바르가 차츰 혼자 있는 시간이 많아진 것은 그 즈음이었다. 아울러 그가 자신의 이가 썩고 있다는 사실과 자신이 글을 안다는 사실을 깨달은 것도 그 즈음이었다. 그는 참을 수 없을 정도로 턱뼈가 아프고 입에서 악취가 나기 시작하자 치과 의사를 생각했다. 물론 그는 치과 의사 루비쿤도 로아차민이 1년에 두 번씩 엘 이딜리오에 들러 환자들을 치료하는 모습을 본 적이 있었지만 자신이 그 의자에 앉게 되리라고는 상상조차 한 적이 없었다. 늙어 가고 있었던 것이다.

어느 날 그는 도저히 견딜 수 없는 치통을 참고 참다가 때마침 엘 이딜리오에 온 치과 의사의 진료대에 올랐다.

「의사 선생님, 이빨이 몇 개 남지 않았소. 아주 죽도록 못 살게 구는 이빨은 다 뽑았지만 저 안쪽에 박힌 놈들은 어떻게 해볼 도리가 없더군요. 그러니 이 주둥이를 청소하고 나서 저 멋진 틀니 값을 흥정해 봅시다.」

한편 읍사무소 현관 아래 설치된 테이블 앞에는 낯선 사람 둘이 심드렁한 표정으로 앉아 있었다. 수크레 호에서 내린 그들은 다음 달에 치를 대통령 선거 업무차 중앙 정부에서 파견된 선거 관리 위원들이었는데, 주민들의 반응이 없자 심기가 몹시 불편했던 것이다. 정작 그 일로 바쁜 사람은 뚱보 읍장이었다. 뚱보는 상부에서 파견된 두 명의 공무원들을 힐끔 쳐다보며 슬슬 피하는 주민들 — 그들은 두 사람의 선거 위원을 세금을 징수하

러 온 공무원으로 생각하고 있었다 ── 을 불러 모으느
라 정신없이 돌아다니고 있었다.

이를 치료하고 틀니를 고른 안토니오 호세 볼리바르
역시 그들 앞에 끌려가다시피 다가갔다.

「영감은 글을 읽을 줄 아시오?」

그들이 물었다.

「다 까먹었소.」

그가 영문도 모르고 대답했다.

「좋소, 그렇다면 이걸 한번 읽어 보시오.」

그들은 서류를 하나 내밀며 물었다.

「여기에 뭐라고 쓰여 있소?」

「입…… 입후…… 입후…… 보자…… 입후보자…….」

「글을 알고 있군. 그러니 당신도 투표할 권리가 있소.」

「권리라니, 그게 뭐요?」

「뭐긴, 투표할 권리지. 다시 말해서 당신은 이번 선거
에 출마한 세 명의 입후보자를 민주적인 선거 절차, 즉
비밀 선거이자 보통 선거에 의해 고를 수 있다는 거요.
무슨 말인지 알겠소?」

「잘 모르겠는걸.」

그는 고개를 갸우뚱하며 되물었다.

「아무튼 그 권리라는 게 얼마요?」

「얼마라니, 이 양반아. 이건 공짜로 주어진 권리라니
까. 그러니 답답한 소리 집어치우고 어서 찍기나 해.」

「도대체 누굴 찍으라는 거요?」

「될 만한 사람을 찍어야지. 국민들을 위해서 일할 수 있는 후보, 대통령 각하 말이야.」

그는 표를 찍었다. 그리고 국민의 권리를 행사한 대가로 프론테라를 한 병 받았다.

나는 글을 읽을 줄 알아.

그것은 그의 평생에서 가장 중요한 발견이었다. 그는 글을 읽을 줄 알았다. 그는 늙음이라는 무서운 독에 대항하는 해독제를 지니고 있었다. 그는 읽을 줄 알았다. 하지만 읽을 것이 없었다.

안토니오 호세 볼리바르는 읍사무소로 갔다. 그러자 뚱보는 굵은 목에 잔뜩 힘을 주면서 신문을 몇 장 건네주었다. 물론 그것은 그가 마치 중앙 정부와 긴밀한 유대 관계에 놓여 있다는 것을 보여 주기 위해 읍사무소에 비치해 둔 자기 과시용이었다.

철 지난 신문에는 의회에서 존경하는 부카람 의원이 또 다른 존경하는 의원을 몰아붙인 기사, 아르테미오 마텔루나라는 사람이 원한도 없는 절친한 친구를 칼로 스무 번이나 찔러 죽인 기사, 축구 경기장에서 심판의 판정을 무기력하게 만든 만타 팀 지지자들을 비난한 기사 등이 나와 있었지만 그의 마음을 사로잡지 못했다. 그것들은 하나같이 딱딱하고 형식적인 내용인 데다 자신과는 너무나 거리가 먼 세상의 이야기들이라 그로 하여금 어떤 호기심이나 상상을 불러일으킬 만한 자극제가 되지 못했던 것이다.

세월이 흐르면서 거의 잊힌 안토니오 호세 볼리바르의 욕망을 다시 일깨운 것은 한 신부의 출현이었다. 그 무렵 수크레 호는 여느 때처럼 엘 이딜리오 선착장에 보급품을 비롯해서 치과 의사와 새로운 이주민들 그리고 한 신부를 내려놓았다. 그러나 어린이들에게 영세를 내리고 축첩제를 종결하라는 가톨릭 교구의 임무를 띠고 온 성직자는 주민들의 홀대와 무관심 그리고 무더위에 지친 나머지 사흘 만에 돌아가기로 작정하고 선착장에 나와 있었다.

안토니오 호세 볼리바르가 선착장으로 다가간 것은 배가 떠나길 기다리는 동안에 무료함을 달래기 위해 책을 읽던 신부가 깜빡 잠이 든 순간이었다. 그는 설레는 마음을 진정시키며 잠든 신부의 손에서 책이 떨어질 때까지 참을성 있게 기다렸다.

신부의 무릎으로 떨어진 책은 성 프란체스코의 전기였다. 그는 마치 어설픈 좀도둑이 된 기분을 느끼면서 슬쩍 페이지를 훔쳐보았다. 그는 한 음절 한 음절, 한 단어 한 단어를 조합하며 책장을 들여다보다 그 뜻을 완전히 이해하고 싶다는 기분에 빠져 들었고, 나중에는 자신도 모르게 그것을 소리 내어 또박또박 읽고 있었다.

「재미있나?」

책 읽는 소리에 잠을 깬 신부는 한참 동안 책에 코를 박고 있는 안토니오 호세 볼리바르를 자못 흥미롭게 바라보다가 나지막이 물었다.

「죄송합니다, 신부님.」

그는 흠칫 놀라 고개를 떨어뜨리며 용서를 구했다.

「하지만 잠이 드신 것 같아 깨우지 않는다는 게 그만 무례를 범하고 말았습니다.」

「재미있느냐고 묻지 않았나?」

신부는 다시 똑같은 질문을 반복했다.

「동물에 대한 얘기가 많이 나오는 것 같군요.」

그가 계면쩍은 표정을 지으며 대답했다.

「성 프란체스코님은 동물을 좋아하셨네. 하느님이 창조한 모든 피조물을 사랑하셨던 거지.」

「저도 동물들을 좋아합니다만…… 신부님은 성 프란체스코님을 뵌 적이 있습니까?」

「아닐세. 하느님은 나에게 그런 즐거움은 주시지 않았네. 성 프란체스코님은 아주 오래전에 돌아가셨거든. 내 말은 그분이 이 세상에서의 삶을 마치고, 이제는 창조주 곁에서 영원히 살고 있다는 뜻이지.」

「신부님은 그런 걸 어떻게 아십니까?」

「책을 읽었으니까.」

신부는 마치 자신의 말을 확신하듯 낡은 책의 장정을

쓰다듬으며 덧붙였다.

「이건 내가 좋아하는 책 중의 하나일세.」

그는 황홀한 표정으로 그 책을 쳐다보았다.

「책을 많이 읽으셨습니까?」

「꽤 읽었지. 오래전에, 그러니까 젊어서 눈이 침침하지 않을 때만 해도 손에 잡히는 대로 몽땅 읽어 치웠으니까.」

「책에는 성인들 얘기만 나옵니까?」

「그건 아닐세. 이 세상에는 수백, 아니 수천만 권의 책들이 있지. 그리고 그 책들은 이 세상의 모든 말들과 모든 이야기들을 담고 있어. 물론 그중에는 인간들이 읽어서는 안 될 책들도 많지만.」

그는 읽어서는 안 될 책이 있다는 말을 이해할 수 없었다. 그의 시선은 거무스레한 책의 장정 위에 놓인 하얗고 통통한 신부의 손에 고정되어 있었다.

「그 많은 책들은 주로 어떤 내용을 담고 있습니까?」

「이미 말하지 않았나. 모든 얘기들을 담고 있다고 말일세. 예를 들면 모험에 관한 것이나, 과학에 관한 것이나, 기술에 관한 것이나, 덕망 있는 사람들의 이야기나, 사랑에 관한 이야기나, 아무튼 그런 것들이라고 말할 수 있지.」

그중에서 그의 관심을 끈 것은 마지막 말이었다. 사랑, 그 말은 노래 속에서, 특히 라디오 — 건전지를 넣는 휴대용 ── 에서 이따금 흘러나오는 과야킬의 빈민가 출신 가수인 훌리토 하라미요의 노래 가사에 많이 나오는 말이었다. 그 노래 가사에 따르면 사랑이란 모든 이들이 찾지만 눈에 보이지 않는 등에의 날카로운 침과 같은 것이었다.

「사랑에 관한 책은 어떤 것입니까?」

「그 책에 대해 할 말이 없다는 게 유감일세. 이른바 연애 소설이라곤 겨우 두 권밖에 읽지 못했거든.」

「그래도 상관없습니다. 무슨 내용이었습니까?」

「그러니까 말이지…… 두 사람이 만나서 서로 사랑하고, 나중에는 그들의 행복을 가로막는 숱한 어려움을 헤쳐 나간다는 이야기였네.」

두 사람의 대화는 거기서 끝났다. 수크레 호로부터 출발을 알리는 타종 소리가 들렸던 것이다.

그는 신부에게 그 책을 두고 가라는 부탁을 하고 싶었지만 감히 그 말을 입 밖으로 꺼낼 수 없었다. 그러나 멀어져 가는 배를 바라보는 그의 마음 한구석에는 책을 읽고 싶다는 욕망이 그 어느 때보다 강렬하게 꿈틀거리고 있었다.

안토니오 호세 볼리바르는 책 한 권 갖지 못한 자신의 신세를 한탄하며 우기를 보냈다. 그는 생애 처음으로 자신이 고독이라는 짐승에게 잡혀 있음을 절감했다. 그것은 조금이라도 방심하면 쓸쓸한 강당에 찾아와서 하고

싶은 말을 몽땅 내뱉은 뒤에 유유히 사라지는 교활하기
이를 데 없는 짐승 같았다.

그는 무슨 책이든 읽어야만 했다. 그러기 위해선 엘
이딜리오를 벗어나야 했다. 가만히 생각하니 멀리 갈 것
도 없었다. 엘 도라도만 가더라도 책을 가지고 있는 사
람을 만날 수 있을 것 같았다. 그때부터 그는 어떻게 하
면 책을 구할 수 있을까 하는 궁리에 빠진 채 하루하루
를 보냈다.

기나긴 우기가 서서히 끝나 가고 있었다. 머지않아 수
크레 호가 다시 돌아올 참이었다. 안토니오 호세 볼리바
르는 밀림에 짐승들이 나타날 때를 기다렸다가 엽총과
노끈과 정교하게 날을 세운 낫칼을 챙겨 오두막을 뒤로
했다. 그리고 밀림 속에서 보름을 보냈다.

그가 들어간 곳은 키가 큰 식물의 군락지이자 백인들
이 귀중하게 여기는 원숭이들의 서식처였다. 거기서 그
는 원숭이들이 내려다보는 가운데 수십 개의 코코야자
열매를 딴 뒤에 덫을 만들기 시작했다. 그것은 수아르
족에게 배운 원숭이 생포 방법이었다. 그는 먼저 코코야
자 속을 파내고 그 열매 껍질의 양쪽에 지름이 손가락
길이만한 크기의 구멍을 낸 뒤에 그 구멍에 노끈을 꿰어
한쪽은 매듭을 만들고 다른 한쪽은 길게 늘어뜨려 나무
에 매달았고, 속이 텅 빈 열매 속에 조약돌을 두어 개씩
집어넣었다. 그것으로 덫을 놓는 작업은 끝이었다.

처음부터 끝까지 인간이 하는 일을 지켜보던 원숭이들은 인간이 떠나자마자 앞을 다투어 나무에서 내려왔다. 그 내용물을 확인하고 싶어 안달이 나 있었던 것이다. 짐승들은 열매를 만지거나 흔들다가 그 속에 든 조약돌의 부딪치는 소리가 나자 손을 집어넣어 그 속에 든 조약돌을 잡은 뒤에는 그것을 놓지 않으려고 바동거렸다.

그는 꼬리긴원숭이의 서식지를 벗어나기 전에 파파야나무로 다가갔다. 원숭이의 파파야나무라고 불리는 게 당연해 보이는 그 나무 끝에는 워낙 키가 높아 인간의 능력으로는 도저히 도달할 수 없는 곳에 맛이 기가 막힌 열매가 달려 있었다. 그는 나무를 세차게 흔들어 햇빛을 잘 받아서 과육의 맛이 달콤한 파파야 열매를 땅에 떨어뜨렸다. 그리고 그중에서 두 개를 집어 배낭 속에 넣고 걸음을 옮겼다.

다음 목적지는 잉꼬와 앵무새 그리고 투칸이 서식하는 지역이었다. 그는 마주치길 원하지 않는 짐승들을 일부러 피해 가며 빽빽한 숲 사이로 하늘이 보이는 곳을 찾아가고 있었다. 잇따른 벼랑을 지나고 나뭇잎이 무성하게 우거진 숲에 이르자 말벌과 일벌 떼가 서식하고 온 천지가 조류들의 배설물투성이인 지역이 나왔다.

그는 일단 그 지역에 들어서자 움직임을 억제했다. 새로운 존재의 출현에 극도로 예민한 새들이 차분해질 때

까지 기다려야 했던 것이다. 그사이 그는 조심스럽게 칡
넝쿨과 등나무 넝쿨로 두 개의 우리를 만들었고, 낫칼의
손잡이로 짓이긴 야우아스카나무 뿌리즙과 으깬 파파야
열매즙을 골고루 섞은 뒤에 혼합된 즙이 발효하기를 기
다렸다. 잠시 후 그는 궐련을 말아 피운 뒤에 발효된 즙
을 손가락에 묻혀 혀끝에 갖다 댔다. 그리고 달콤하면서
도 독한 맛이 나는 것을 확인하자 그곳을 벗어났다. 이
제 가까운 개천가로 가서 고기를 잡아 배를 채우는 일만
남아 있었다.

　다음 날, 개천가에서 밤을 샌 안토니오 호세 볼리바르
는 덫에 걸려든 노획물들을 확인하러 숲 속으로 들어갔
다. 원숭이 서식처에는 열두 마리의 꼬리긴원숭이들이
거의 녹초가 된 채 축 늘어져 있었다. 코코야자 열매 속
에 손을 넣고 조약돌을 쥐었으니 빠져나올 수 없는데도
그 속에 든 내용물을 확인하고 싶어 발악하다 지친 짐승
들이었다. 그는 그중에서 비교적 나이 어린 세 쌍의 짐
승을 잡아 우리 속에 넣었다. 다음은 조류 서식처였다.
그곳에는 잉꼬와 앵무새며 여러 종류의 조류들이 달콤
한 약물에 취한 채 기이한 모습을 보여 주고 있었다. 비
틀거리며 걸음을 떼는 새가 있는가 하면, 마치 하늘을
날아오르기라도 하듯 공연히 날개를 퍼덕이는 새도 있
었다. 그는 금색과 녹색의 앵무새 한 쌍과 쉴 새 없이 재
잘거리는 잉꼬 한 쌍을 우리 속에 넣고 나머지는 그대로

79

놓아 주었다. 물론 그는 그 새들이 한 이틀 정신을 차리지 못한다는 것을 잘 알고 있었다.

전리품이 들어 있는 우리 두 개를 등에 들쳐 메고 엘이딜리오로 돌아온 안토니오 호세 볼리바르는 곧장 선착장으로 향했다. 그리고 떠날 순간을 기다리고 있던 수크레 호의 주인이자 선장에게 다가갔다.

「엘 도라도에 갈 참인데 돈이 없소. 나를 태워 주면 이놈들을 파는 대로 뱃삯을 지불하리다.」

선장은 그가 내려놓은 우리를 힐끔 쳐다본 후에 여러 날 깎지 못한 턱수염을 손으로 문지르며 입을 열었다.

「앵무새 한 마리를 뱃삯으로 치겠소. 우리 아들놈에게 그걸 한 마리 사주겠다고 약속했거든.」

「이 새들은 떼어 놓으면 슬퍼서 죽게 될 거요. 그러니 한 쌍을 가져가고 돌아올 때의 뱃삯까지 치른 것으로 합시다.」

배가 강물을 따라 흘러가는 동안 안토니오 호세 볼리바르와 치과 의사 루비쿤도 로아차민은 많은 이야기를 나누었다. 안토니오 호세 볼리바르는 자기가 여행하는 이유도 빠트리지 않았다. 한참 노인의 이야기를 듣고 있던 치과 의사가 입을 열었다.

「이런 숫기 없는 노인네 같으니라고. 책이 그렇게 보고 싶었으면 진작 말을 했어야지. 그랬으면 내가 구해다 주었을 게 아니오, 안 그렇소? 책은 과야킬만 가더라도 얼마든지 있을 거요.」

「그렇게 말씀하시니 고맙군요, 의사 선생님. 하지만
전 아직 무슨 책을 읽어야 하는지 그것도 모르고 있답니
다. 그러니 때가 되면 부탁드리지요.」

엘 도라도는 큰 도시가 아니었다. 기껏해야 대부분 강
을 따라 열을 이루고 있는 백여 채의 집, 경찰서, 두 채
의 건물이 들어선 행정 관서, 성당, 학생들도 별로 없는
학교가 전부라고 할 수 있는 도시였다. 그러나 그곳은
거의 40년 동안 밀림을 떠난 적이 없는 안토니오 호세
볼리바르에게 있어 처음 본 세상이나 다름없었다. 그런
노인에게 치과 의사와의 만남은 큰 힘이 되었다. 치과
의사는 노인을 도와줄 수 있는 한 여선생을 소개하며 당
분간 학교에 기거할 수 있도록 주선했다.

안토니오 호세 볼리바르가 책을 구경한 것은 가져간
원숭이와 잉꼬를 판 날이었다. 그는 여선생이 보여 주는
책들을 본 순간 형언할 수 없는 감동에 휩싸였다. 대략
50여 권을 헤아리는 책들이 선반에 가지런히 정렬되어
있었다. 그는 그날부터 그 즈음 구입한 돋보기안경을 쓰
고 처음부터 끝까지 책을 살펴 나가기 시작했는데, 나름
대로 자신이 좋아하는 책을 결정하기까지는 그때부터
다섯 달 정도가 흘렀다. 그사이 그는 여러 책을 보며 혼
자서 생각하고 혼자서 묻고 되물었다.

그는 기하학 책은 도저히 이해할 수 없었지만 나름대

로 과연 그 책이 머리를 싸매고 들여다볼 만한 책인지 진지하게 고민했다. 그는 그 책 속에서 아주 긴 문장 하나를 기억했는데, 그것은 〈직각삼각형에서 빗변은 직각의 맞은편에 있다〉는 내용이었다. 그리고 그것은 이따금 기분이 좋지 않을 때 혼자 중얼거리게 되는 말이자 나중에는 엘 이딜리오 주민들을 어리둥절하게 만드는 말이 되었다. 그들에게는 기이한 욕설이나 주문처럼 들렸던 것이다. 역사에 관한 책은 마치 거짓말을 꾸며 놓은 것 같았다. 팔꿈치까지 올라가는 긴 장갑과 곡예사처럼 착 달라붙은 바지 차림에 잘 말려 올린 머리칼이 바람에 나부끼는 그런 연약한 인물들이 전쟁에서 승리했다는 사실이 믿어지지 않았다. 아무리 이해하려 해도 그런 자들은 파리 한 마리도 죽일 수 없는 존재처럼 여겨졌다. 그리하여 역사 이야기도 그가 좋아하는 책에서 제외되었다.

그가 엘 도라도에 머무는 동안 가장 많은 시간을 할애한 책은 에드몬도 데 아미치스의 소설, 그중에서도 특히 『사랑의 학교』였다. 그는 그 책을 거의 손에서 떼지 않은 채 눈이 아프도록 읽고 또 읽었다. 그러나 눈물을 쥐어짜며 그 책을 들여다보던 그의 마음 한구석에 주인공이 겪는 불행은 도저히 있을 수 없는, 그 많은 불행이 한 사람에게만 들이닥칠 수 없는 일이라는 생각이 들었다. 게다가 롬바르디아의 소년에게 그토록 참기 힘든 고통을 안겨 주는 내용[2]을 읽는다는 것 자체가 비겁하다는 느낌이 들자 그 책을 덮어 버리고 말았다.

그러던 어느 날 그는 플로렌스 바클레이의 『로사리오』를 펼쳤다. 그 책은 어쩌면 그가 진작부터 찾아 헤매던 내용을 담고 있었다. 그 책에 담긴 것은 사랑, 온통 사랑이었다. 그 책은 등장인물들의 아픔과 인내를 얼마나 아름다운 방법으로 묘사해 놓았는지 줄줄 흘러내리는 눈물에 돋보기가 흥건히 젖을 정도였다.

안토니오 호세 볼리바르는 여선생 ― 그와 독서 취향이 똑같지는 않았다 ― 의 허락을 받아 그 책을 가지고 엘 이딜리오로 돌아왔는데, 그 책은 그가 오두막의 창문 앞에서 수없이 읽고 또 읽은 텍스트가 되었다. 그리고 그 책은 나중에 치과 의사가 가져다준, 세월보다 더 끈질긴 사랑과 불행을 담고 있는, 다른 책들과 함께 지금처럼 마음이 착잡해진 노인이 다시 찾아 줄 때를 기다리며 다리가 긴 탁자 위를 차지하게 되었다.

---

2 나무 위에 올라가 적군을 관찰하다가 전사하는 소년의 이야기.

5

　어둠이 깃들 무렵 내리기 시작한 비는 금방 한 치 앞
도 분간하기 힘든 폭우로 변해 밤새 퍼붓고 있었다. 노
인은 그물그네에 몸을 뉘인 채 격렬하면서도 단조로운
빗방울 소리를 들으며 잠을 청했다.

　노인은 잠이 없는 편이었다. 다섯 시간의 수면과 두
시간 정도의 낮잠 외에 나머지 시간은 주로 소설을 읽고
그 이야기에 등장하는 사랑의 신비를 찾거나 무대가 되
는 곳을 상상하며 보냈는데, 파리니 런던이니 제네바니
하는 지명이 나오면 그 도시들을 상상하기 위해 온 정신
을 집중해야 했다.

　그가 본 대도시는 이바라가 유일한 곳이었고, 희미하
게나마 떠오르는 것은 포장된 도로를 사이에 두고서 서
로 마주 보고 있는 지붕이 낮은 하얀 집들 그리고 대성
당 앞을 거니는 사람들로 붐비는 아르마스 광장이 다였
다. 그래서인지 프라하나 바르셀로나처럼 아득하고 무

거운 느낌이 드는 이름의 도시를 배경으로 일어나는 이
야기를 읽다 보면 이바라는 왠지 숨막히는 사랑이 이뤄
질 만한 도시가 아니라는 생각이 들었다. 그런 생각은
그의 아내인 돌로레스 엔카르나시온 델 산티시모 사크
라멘토 에스투피냔 오타발로와 함께 엘 이딜리오로 이
주할 때 스치듯 지나쳤던 사모라나 로하 같은 도시들을
떠올려 보아도 마찬가지였다.

　그가 가장 즐겨 상상하는 것은 하얀 눈이었다. 그가
생각하는 눈은 어렸을 때 임바부라 화산 자락에서 보았
던 하얀 양털 같은 눈이었다. 그래서 그는 이따금 소설
에 등장하는 인물들이 별 생각 없이 하얀 눈을 밟기라도
하면 도저히 용서할 수 없는 파렴치한으로 여기곤 했다.

　노인은 책을 보다가도 배가 출출해지면 오두막을 나
와 강가로 갔다. 그는 강물에 들어가 한바탕 시원하게
멱을 감은 뒤에 쌀과 바나나 토막, 혹은 이주민들이 꺼
리는 원숭이 고기 — 사실 이주민들은 질기고 딱딱한
그 육질이 코끼리풀과 물만 섭취하는 소나 돼지의 육질
보다 훨씬 많은 단백질을 함유하고 있다는 사실을 모르
기도 했지만, 그것보다는 이가 없는 사람이 태반이라
오랫동안 씹는 것을 귀찮아했다 — 를 튀겨 먹었다. 그
가 준비된 식사에 곁들이는 것은 커피였다. 그것은 표
면이 매끄러운 쇠그릇 속에 조당과 아구아르디엔테 술
몇 방울이 들어간 일종의 블렌드로 달착지근한 맛이 감

돌았다.

반면에 밤이 긴 우기가 되면 노인은 그물그네에서 보내기를 좋아했다. 그는 이런 저런 생각을 하다가도 오줌이 마렵거나 배가 고프면 그때서야 살그머니 오두막을 떠나 강으로 나갔다. 그가 우기에 가장 좋아하는 요깃거리는 새우였는데, 그것은 강물 속으로 들어가 돌을 들어내고 진흙을 파헤치면 쉽게 건져 올릴 수 있었다. 그는 늘 열 마리 남짓한 통통한 새우로 배를 채웠다.

안토니오 호세 볼리바르는 그날도 아침 일찍 새우를 잡으러 나갔다. 폭우로 불어난 강물에는 뿌리째 뽑힌 나무 등걸이나 짐승들의 시체가 떠내려 오고 있었다. 그는 옷을 벗어부치고 나무에 걸친 밧줄에 몸을 묶은 뒤 가슴까지 차오르는 물속으로 잠수했다. 강물 속은 물살의 속도가 빠르고 눈을 뜰 수 없을 정도로 혼탁했지만 문제될게 없었다. 그는 몸을 자유자재로 움직여 가며 돌을 들어낸 뒤에 진흙덩이를 더듬기 시작했다.

노인의 귀에 어떤 다급한 외침이 들려온 것은 손가락을 물고 늘어지는 새우들을 한 움큼 붙잡아서 물가로 빠져나오던 순간이었다.

「카누다! 카누가 떠내려 오고 있어!」

노인은 소리가 나는 쪽을 향해 고개를 돌렸다. 그 외침은 마을 쪽에서 들려오고 있었지만 억수같이 쏟아지는 비에 시야가 트이지 않았다. 도대체 어떤 자식이지? 미친놈이 아니고서는 이렇게 세찬 비가 몰아치는 날에 카누를 띄울 사람은 없어. 그는 혼잣말로 중얼거리며 마을 쪽을 향해 신신경을 집중했다. 계속해서 다급한 외침이 이어지는 가운데 선착장을 향해 뛰어가는 사람들의 형체가 어렴풋이나마 들어오고 있었다. 순간 옷을 챙겨 입은 그는 오두막으로 되돌아갔고, 깡통을 내려놓자마자 비닐 우의를 쓰고 사람들이 몰려간 곳을 향해 달려가기 시작했다.

사람들은 뚱보 읍장이 도착하자 한쪽으로 길을 비켜주었다. 셔츠도 걸치지 않은 뚱보는 검은 우산을 쓰고 있었지만 그의 온몸은 퍼붓는 비에 흠뻑 젖어 있었다. 뚱보는 대뜸 신경질적인 표정을 지으며 물었다.

「도대체 왜 이 난리야?」

사람들은 대답 대신 말뚝에 묶인 카누를 쳐다보았다. 그것은 노다지꾼들이 만든 형편없는 카누였다. 물이 가득 차 있었지만 여태껏 가라앉지 않은 것은 순전히 나무로 만들어진 덕분이었다. 그 속에는 목이 파이고 팔이 심하게 긁힌 시체 한 구가 이리저리 흔들리고 있었는데, 카누의 옆 부분에 기댄 손은 고기에 뜯긴 자국이 나 있고 얼굴은 양쪽 눈이 사라진 탓에 표정조차 없었다. 눈이 사라진 것은 폭우 속에서 날 수 있는 붉고 조그만 몸집의 관비둘기의 작품이었다.

뚱보는 시체를 끌어올리도록 지시했다. 사람들은 시신을 선착장 위에 눕힌 뒤에 그의 치아에 덧입혀진 금니 — 치과 의사는 썩은 이를 뽑지 않고 잇몸을 치료한 뒤에 금으로 덮어씌웠다 — 를 보고서야 신분을 확인할 수 있었다. 나폴레옹 살리나스였다. 하지만 그가 그토록 자랑스럽게 여겼던 금니는 빗방울에 흐트러진 머리칼 사이에서 빛을 잃고 있었다.

뚱보 읍장은 눈을 부라리며 노인을 찾았다.

「어때! 이것도 암고양이 짓이란 말이지?」

노인은 대답 대신 오두막 앞에 놔두고 온 새우를 생각하면서 시신 곁으로 다가가 상체를 숙였다. 그리고 손으로 목과 팔뚝에 난 상처를 자세히 만져 본 다음 천천히 고개를 끄덕였다.

「빌어먹을! 또 한 목숨이 없어졌어. 어차피 뒈질 놈이었지만 말이야.」

뚱보가 투덜거렸다.

사실 뚱보의 악담은 틀린 것이 아니었다. 우기가 되면 노다지꾼들은 비가 그치기를 기대하면서 엉성하게 지은 오두막에 틀어박혔다. 그러나 비는 한번 그친 뒤에 더 세게 쏟아지기 십상이라 이내 그들의 기대는 탄식으로 변했고, 〈시간은 금이다〉라는 격언을 문자 그대로 실천하는 부류가 되어 손때가 잔뜩 묻은 카드로 노름판을 벌였다. 그런데 문제는 그다음이었다. 서로가 최고의 카드

패를 잡으려고 안간힘을 쓰다 보니 농간을 부리거나 종종 험악한 분위기로 변해서 비가 그칠 때쯤이면 그들 중 몇 명의 얼굴이 사라졌던 것이다. 물론 그 행방이야 강물이 삼켰는지 밀림이 잡아먹었는지 알 길이 없었다. 이따금 이주민들이 엘 이딜리오의 선착장 앞으로 떠내려오는 통나무나 나뭇가지 사이에서 몸뚱이가 잔뜩 불어 터진 시체를 발견하는 것은 그 까닭이었다.

뚱보는 고개를 축 늘어뜨린 시신의 주머니를 조사했다. 그 속에는 낡은 신분증, 네댓 개의 동전, 담뱃갑 그리고 정확히 20개의 좁쌀만 한 금붙이 조각을 담은 지갑이 하나 들어 있었다.

「어떤가? 이번에도 전문가의 의견을 들어 볼까?」

뚱보가 노인을 쳐다보며 물었다.

「그거야 읍장 각하께서 생각하고 있는 의견과 똑같습니다.」

노인은 미동도 하지 않은 채 덤덤히 대답했다.

「이 사람은 술에 만취된 채 카누를 타고서 마을을 빠져나가다 갑작스런 폭우를 만났고, 비를 피할 요량으로 강기슭을 찾았지요. 그런데 땅을 밟는 순간에 암살쾡이가 덮친 것입니다. 카누에 긁힌 손톱자국으로 보아 가까스로 카누를 잡긴 잡았는데 워낙 피를 많이 흘린 바람에 저절로 숨이 끊어질 수밖에요.」

「우리 두 사람의 의견이 서로 일치하다니, 오랜만에

마음에 드는군.」

뚱보가 씨익 웃으며 그 말을 받았다. 그는 한 사람을 가리키며 우산을 받치게 하고 그곳에 모인 사람들에게 금 쪼가리를 나누어 주었다. 그리고 다시 우산을 건네받은 뒤에 발끝으로 시체를 강물 속에 밀어 넣었다. 물속에 빠진 시체는 너무 무거웠는지, 아니면 엄청나게 쏟아지는 빗물에 가려서인지 다시 떠오르지 않았다.

뚱보는 흡족한 표정을 지으며 이제 모든 게 해결되었으니 떠난다는 신호로 우산을 흔들었다. 그러나 어찌된 일인지 그를 뒤따르는 사람이 없었다. 그들의 시선은 여전히 노인에게 고정되어 있었던 것이다. 뚱보가 다시 나섰다.

「영화가 끝났으면 돌아가야지, 여기 남아서 뭘 더 찾겠다는 거야?」

그러나 사람들은 머뭇거릴 뿐 움직일 생각을 하지 않았다. 그들의 눈빛은 노인의 말을 기다리고 있었다.

「누군가 배를 타고 가다가 밤이 되었다고 칩시다. 그러면 어느 쪽에 배를 댈까요?」

노인이 좌중을 돌아보며 물었다.

「그거야 당연히 우리가 있는 쪽이지.」

뚱보가 그 말을 받았다.

「바로 맞추셨군요, 읍장 각하. 바로 우리가 있는 쪽입니다. 여기 사는 사람들이 이쪽으로 카누를 갖다 대는 것은 낫칼로 숲을 쳐서 부락으로 올 수 있기 때문이지요. 불쌍한 살리나스 역시 그렇게 생각하지 않았을까요?」

「이제 와서 그게 뭘 어쨌다는 거야.」

「그건 아주 중요한 사실입니다. 조금만 더 깊게 생각하면 그 짐승 역시 우리 쪽에 있다는 것을 알 수 있으니까요. 읍장 각하께선 혹시라도 살쾡이들이 이런 날씨에 강을 건널 수 있다고 생각하는 것은 아니겠지요?」

그때서야 사람들은 서로의 얼굴을 쳐다보며 수군거렸고, 잔뜩 긴장된 얼굴로 일제히 읍장을 쳐다보았다. 행정 관청의 책임자로서 어떤 구체적인 답변을 주어야 하지 않겠느냐는 표정이었다.

뚱보는 불쾌했다. 그들의 시선에 도전적인 눈빛이 담겨져 있다는 기분이 들었다. 그는 검은 우산 밑으로 두꺼운 목을 움츠리며 무엇인가를 골몰히 생각하는 듯한 표정을 지었다. 그사이 다시 굵어진 빗줄기는 사람들이 머리 위에 쓴 얇은 비닐 포대를 마치 또 하나의 인공 피부처럼 착 달라붙도록 만들고 있었다.

「설사 그렇더라도 걱정할 건 없어.」

이윽고 뚱보가 목에 힘을 주며 말했다.

「다들 봤잖아? 사체에 눈알이 없다는 것은 동물에게 뜯겨 먹혔다는 것이고, 그 지경이 되려면 한 시간 아니라 다섯 시간으로도 부족해. 다시 말해서 그놈의 암고양이인지 암살쾡이인지 하는 짐승은 아주 먼 곳에 있다는 뜻이지. 그러니 다들 바지에 똥이라도 싸고 말 듯한 표정은 지워, 지우라고! 무슨 말인지 알겠나?」

「그럴 수도 있겠죠. 하지만 저 시신이 딱딱하게 굳어 있는 것도 아니고 썩은 냄새가 나는 것도 아니라는 것 역시 사실이지요.」

노인은 뚱보의 말을 받자마자 더 들을 것도 없다는 듯이 사람들 사이를 빠져나갔다. 그는 아까 잡은 새우들을 튀겨 먹을 것인가 삶아 먹을 것인가 하는 생각에 잠긴 채 오두막을 향했다.

노인은 새우가 들어 있는 깡통을 손에 든 채 오두막으로 들어서다 말고 힐끗 선착장 쪽을 향해 고개를 돌렸다. 사람들이 떠난 선착장에는 뚱보가 홀로 남아 떨어지는 빗줄기를 바라보며 서 있었다. 검은 우산을 쓴 그 모습은 마치 잠시 비가 그친 순간을 틈타 느닷없이 솟아오르는 거대하고 흉측한 독버섯처럼 보였다.

6

감칠맛이 도는 새우 요리였다. 안토니오 호세 볼리바르는 창 밖으로 먹다 남은 음식 찌꺼기를 버린 뒤에 틀니를 뽑아 꼼꼼하게 씻어 내고 손수건으로 감싸 호주머니에 넣었다. 이어 그는 뱃속 가득한 풍족함을 느끼면서 프론테라 술병과 치과 의사가 사다 준 소설책 한 권을 손에 들었다.

단조롭게 떨어지는 빗소리를 들으며 아늑한 기분에 젖은 채 읽는 소설은 시작부터 마음에 들었다.

〈폴은 모험에 따라 나선 친구이자 공모자인 사공이 다른 곳을 보는 척하는 동안 그녀에게 뜨겁게 키스했다. 그사이에 부드러운 방석이 깔린 곤돌라는 베네치아의 수로를 따라 유유히 미끄러지고 있었다.〉

노인은 그 부분을 큰 소리로 반복해서 읽었다. 곤돌라라는 게 수로를 따라 유유히 미끄러지고 있었다면 보트나 카누 같은 게 분명한데 그 이상은 도저히 상상이 되지 않았다. 아울러 폴이라는 주인공은 친구가 보는 곳에서 여자에게 〈뜨겁게〉 입을 맞춘 것으로 보아 그다지 좋은 녀석이 아닌 것 같았지만, 딴은 작가가 처음부터 나쁜 인물들을 확실하게 지적해 준 덕분에 복잡한 생각이나 쓸데없는 동정을 피할 수 있어 다행이라는 생각이 들었다.

그런데 키스를 할 때 어떻게 하면 〈뜨겁게〉 할 수 있지? 세상에! 도대체 어떻게 했기에 그렇게 말할 수 있단 말인가?

노인은 그 부분에서 다시 깊은 생각에 잠겼다. 일순 한 얼굴이 그의 뇌리를 스쳐 가고 있었다. 돌로레스 엔카르나시온 델 산티시모 사크라멘토 에스투피냔 오타발로였다. 생각해 보면 죽은 아내와 키스를 하지 않은 것은 아니었다. 어쩌면 그 역시 소설 속의 폴이 그랬던 것처럼 뜨겁게 입을 맞추었는지도 몰랐다. 하지만 그의 기억에서 그녀는 어쩌다 그가 입을 맞추기라도 하면 깔깔 웃거나 그런 행위가 원죄라며 부끄러워했다.

뜨거운 키스, 뜨거운 입맞춤……

노인은 죽은 부인 외에 소설에 나오는 식의 입맞춤을 한 적이 없었다. 수아르 족 인디오들만 하더라도 키스는 그들과 전혀 무관한 관습이었다. 그가 아는 수아르 족 인디오들의 남녀 사이에는 서로가 온몸을 만져 주는 애무밖에 없었다. 그 순간에 다른 사람들이 옆에 있더라도 전혀 개의치 않았다. 하지만 키스는 달랐다. 그들은 사랑의 순간에도 입을 맞추지 않았다. 여자는 남자의 몸 위에 위치했는데, 그들은 그런 자세를 취하는 게 훨씬 깊은 사랑의 묘미를 느낄 수 있으며 사랑의 행위에 동반되는 송가 〈어넨트〉를 훨씬 더 감각적으로 노래할 수 있다고 믿었다.

확실해, 수아르 족은 키스를 하지 않았어.

노인은 언젠가 우연히 목격한 장면을 떠올리며 마음속으로 중얼거렸다.

언제인지 정확하지 않지만 노다지꾼이 한 여자를 겁탈하고 있었다. 노다지꾼의 억센 손아귀에 붙잡힌 상대는 아구아르디엔테나 한잔 얻어 마시려고 이주민들과 노다지꾼들 사이를 헤집고 돌아다니던 히바로 족 인디오였다. 이미 술기운에 정신을 잃은 그 여자는 자신에게 무슨 일이 일어나고 있는지조차 모르는 상태였다. 따라서 누구나 마음만 먹으면 그 여인을 구석진 곳으로 끌고 가서 그 짓을 저지를 수 있는 상황이었다. 그러나 현실은 그렇게 간단치 않았다. 모래밭 위에 쓰러진 여자의 몸을 덮친 노다지꾼이 이제 막 그녀의 입술을 찾아 더듬거리기 시작했을까, 그때까지 의식이 없던 여자가 느닷없이 반항하기 시작했던 것이다. 여인의 반응은 격렬했다. 마치 야수처럼 돌변한 여자는 그녀를 덮친 남자의 몸을 거세게 떼밀어 내더니 모래를 한 움큼 집어서 그의 눈에 사정없이 뿌려 댔다. 순식간의 일이었다. 그리고 그녀는 따가운 통증을 못 이겨 눈을 비비고 있는 남자를 향해 더러워서 참을 수 없다는 듯 구역질을 해대며 비척비척 사라졌다.

그랬어. 만일 뜨거운 입맞춤이란 게 그런 거라면 이 소설에 나오는 폴은 더러운 돼지새끼나 다름없을 거야.

소설은 시작이 마음에 들었다. 노인은 얼추 새로운 소설의 본문 네 페이지를 넘기는 동안 여러 장면을 떠올리고 있었다. 그러나 베네치아라는 도시는 이전의 소설들에서 묘사된 도시들의 특징과 달라 여간 신경이 쓰이는 게 아니었다. 보아하니 베네치아의 거리는 물에 잠겨 있어 사람들이 곤돌라라는 배를 타고 다니는 게 분명했다.

곤돌라. 곤돌라가 무엇이란 말인가.

곤돌라라는 낱말에 흠뻑 매료되어 있던 노인은 자신의 카누를 생각하며 멋쩍게 중얼거렸다.

「난가리트사 강의 곤돌라!」

노인이 그런 생각에 빠져 있는 동안 오후의 졸음이 슬그머니 찾아 들고 있었다. 그는 책을 덮고 그물그네에 몸을 눕히며 잠을 청했다. 그러나 눈을 감고 잠을 청할수록 그의 생각은 베네치아라는 도시로 가고 있었다. 그는 한참 동안, 집 밖으로 발을 내딛는 순간에 강물로 떨어질 수밖에 없을 베네치아 사람들의 모습을 상상하며 웃고 있었다.

안토니오 호세 볼리바르가 다시 사람들의 고함소리를 들은 것은 오전에 읽던 소설책의 책장을 넘기려던 참이었다. 노인은 여전히 장대비가 쏟아지는 바깥을 향해 고개를 내밀었다. 노새 한 마리가 소름끼치는 울음소리를 토해 내며 오솔길을 따라 미친 듯이 내달리고 그 뒤를 사람들이 쫓고 있었다. 순간 어떤 직감에 사로잡힌 노인은 비닐 우의를 어깨에 걸치며 밖으로 뛰쳐나갔다.

한편 사람들은 노새와 한참 동안 실랑이를 벌이며 서서히 거리를 좁혀 나가고 있었다. 그들은 그 와중에 노새의 뒷발길질을 피하다가 진흙탕에 미끄러지기도 했지만 마침내 고삐를 붙잡아 짐승을 진정시켰다. 옆구리가 깊게 파이고 머리끝에서 가슴팍까지 심하게 할퀴어진 부위에서는 시뻘건 핏방울이 흘러내리고 있었다.

「뭣하고 있는 거야. 쏴버리지 않고선!」

뚱보가 사람들 틈에 끼어들며 씩씩거렸다. 낮잠을 자다 부랴부랴 뛰쳐나왔는지 우산도 들지 않은 모습이었다.

사람들은 그때서야 한꺼번에 달려들어 노새를 가까스로 땅바닥에 눕혔다. 잠시 후, 바동대던 짐승은 〈탕〉하는 총성과 함께 허공에 다리를 쭉 내뻗으며 그대로 쓰러져 버렸다.

「알카세트세르 미란다가 키우던 짐승이었어.」

누군가 한숨을 쉬면서 아깝다는 투로 내뱉었다. 사람

들이 말하는 짐승의 주인은 엘 이딜리오에서 대략 7킬
로미터 떨어진 곳에 정착한 이주민이었다. 그는 불하된
숲을 개간하지 않고 〈알카세트세르〉 —— 그의 별명은 여
기서 나온 것이다 —— 라는 허술한 상점을 차려 주로 부
락으로 나가지 않는 노다지꾼들을 상대로 술과 담배나
소금 등을 팔았다.

사람들은 말이 없었다. 이번에는 어느 누구도 그들 앞
에 닥친 현실을 부정하지 않았다. 짐승의 등에 얹힌 안
장은 주인이 실종되었을 가능성을 강하게 암시하고 있
었다. 읍장 역시 반박할 여지가 없었다. 뚱보는 사람들
에게 다음 날 아침 미란다의 가게로 수색대를 파견한다
고 말했고, 짐승을 잘 처리하도록 지시한 뒤에 읍사무소
로 돌아갔다.

굵은 빗방울이 세차게 떨어지는 가운데 사람들이 바
쁘게 움직이기 시작했다. 두 개의 낫칼이 짐승의 살 속
으로 박혔다가 빠져나올 때마다 붉은 핏물이 흘렀지만,
다시 살 속으로 파고들 때면 이미 빗물에 씻겨 시퍼런
날만 번득였다.

「어이, 영감. 갖고 싶은 부위가 뭐지?」

사무소 앞에서 고기 조각을 나눠 주던 읍장이 노인에
게 물었다. 노인은 자신을 수색대에 끼어 넣으려는 뚱보
의 속내를 헤아리고 있었지만 모른 척하며 손가락으로
내장을 가리켰다. 그가 지적한 것은 간이었다.

어느덧 어둠이 내리고 있었다. 먼저 그 자리를 떠난 이주민들 중에는 죽은 짐승의 머리나 내키지 않는 부위를 강물에 버리는 사람들도 있었다. 노인은 아직도 따스한 짐승의 간 조각을 손에 들고 오두막을 향해 발걸음을 떼었다. 읍사무소 앞마당에는 진흙탕 속에 떨어진 고기 살점을 놓고서 서로 먼저 차지하기 위해 으르렁거리는 개들의 다툼소리가 들려오고 있었다.

안토니오 호세 볼리바르는 가느다란 로즈메리 가지로 군불 위에 간 조각을 튀기면서 연신 욕을 내뱉고 있었다. 뜻하지 않은 일 때문에 그토록 기다리던 연애 소설을 읽을 평온함을 빼앗긴 데다 날이 새면 읍장이 지휘하는 수색대를 따라 나서게 되었으니 심사가 몹시 뒤틀릴 수밖에 없었다.

노인은 — 뿐만 아니라 부락의 이주민들은 — 읍장이 곱지 않은 시선으로 자신을 지켜보고 있다는 사실을 잘 알았다. 뚱보의 앙심은 두 명의 수아르 족 인디오와 한 명의 죽은 양키와 관련된 사건 이후에 더욱더 심해지고 있었다. 뚱보는 마음만 먹으면 얼마든지 문제를 일으켜 노인을 궁지에 몰아넣을 수 있었고, 실제로 그런 일도 없지 않았던 터라 생각할수록 기분이 엉망이었다.

노인은 틀니를 끼운 뒤에 딱딱해진 간 조각을 씹으며 생각했다.

나이가 들면 느는 게 삶의 지혜라고 하지 않았던가.

사실 노인은 삶의 지혜라는 말을 떠올릴 때마다 자신에게도 그런 미덕이 찾아오리라고 기대했고, 내심 그런 미덕이 주어지길 간절히 기원했다. 물론 그가 기대하는 미덕은 그를 과거의 자신으로 되돌아 갈 수 있도록 만들어 주는 지혜이자 스스로 만든 덫에 빠지지 않도록 만들어 주는 지혜였다.

그런데 또다시 걸려들고 만 거야. 빌어먹을! 도대체 이번에는 어디서부터 무엇이 잘못되었지?

노인은 끊임없이 떨어지는 장대비 소리마저 놓치면서 꽤나 아득한 기억 하나를 떠올리고 있었다. 벌써 여러 해 전의 일이었다.

어느 날 아침, 엘 이딜리오 선착장을 향해 배가 한 척 다가오고 있었다. 그 배는 카누와 달리 바닥이 평평하고 두 명씩 편하게 앉을 수 있는 좌석이 네 개나 배열된 모터보트였다. 선착장에 내린 사람은 네 명의 미국인들이었는데, 그들은 하나같이 사진기와 어떤 용도에 사용하는지 알 수 없는 기구나 도구들을 들고 있었다.

미국인들은 배에서 내리자마자 읍사무소를 찾았다. 그리고 며칠 후에는 위스키를 들이대며 구슬렸는지 얼큰하게 취한 뚱보를 앞세우고 노인의 오두막을 찾았다.

오두막에 들어선 뚱보는 독한 술 냄새를 풍기면서 그들에게 노인이야말로 아마존을 가장 잘 아는 사람이라고 소개했고, 그것도 부족했는지 그의 친구니 협력자니 하며 추켜세우느라 정신이 없었다. 그사이 미국인들은 오두막의 안팎을 배경으로 삼아 닥치는 대로 셔터를 눌렀다. 노인의 입장에선 어이없는 일이었지만 그때까지는 참을 수 있었다.

그런데 문제는 거기서 끝나지 않았다. 허락도 없이 오두막에 들어선 것은 차치하더라도 그들 중의 한 명이 한바탕 웃음을 터트리며 벽에 걸린 초상화 — 노인과 그의 부인인 돌로레스 엔카르나시온 델 산티시모 사크라멘토 에스투피냔 오타발로의 모습을 담은 그림 — 를 사겠다고 억지를 부리더니 그것을 떼어 내어 배낭에 넣었고, 그 대가로 다리가 긴 탁자 위에 한 뭉치의 지폐를 내려놓았다.

노인은 속이 확 뒤집히는 것을 느꼈지만 자제하면서 천천히 입을 열었다.

「지금 당장 초상화를 원래 있던 자리에 걸어 놓으라고 말하시오. 그렇지 않으면 이 쌍연발 엽총으로 대갈통을 날려 버리겠소. 내 총은 항상 장전되어 있다는 것도 전하시오.」

뚱보는 불청객들이 스페인어를 알고 있었기에 굳이 긴 설명이 필요 없었음에도 불구하고 우정이란 말을 내세우며 과거의 기억을 간직하고 있는 물건을 신성시하는 그 지방의 관습에 대해 오해하지 말라고 신신당부했다. 아울러 에콰도르 사람들, 특히 자신은 미국인들을 좋아한다고 알랑거리며 추억거리가 될 만한 물건을 원한다면 직접 구해 주겠다고 제안했다.

「이런 우라질 영감 같으니! 지금 무슨 일을 저지르고 있는 줄 알아? 그 더러운 성깔 때문에 내 사업이 엉망이 되었단 말이야. 이번 일만 대충 넘어갔어도 당신이나 나나 크게 한 건 올릴 수 있었는데, 이게 무슨 꼴이지?」

뚱보가 미국인들의 눈치를 살피며 씩씩거렸다.

「당장 나가라고 하시오.」

노인은 초상화가 원래 있던 제자리에 걸리자 엽총의 격침을 잡아당기며 소리쳤다.

「초상화를 돌려받았으면 됐지, 뭘 더 바라는 거야?」

「다시 말하지만 내 눈앞에서 사라지라고 말하시오. 난 남의 가정을 존중할 줄 모르는 인간들과는 사업은 둘째 치고 상종도 하기 싫소.」

뚱보는 적당한 변명거리를 찾으며 미국인들을 돌아보았다. 그러나 그들은 경멸스런 표정으로 입술을 삐죽거리더니 등을 돌렸다.

「제기랄! 이 영감아, 여기서 나갈 사람은 저치들이 아니라 바로 당신이야! 알았어?」

읍장은 그들이 돌아서자 약이 올랐는지 다시 씩씩거렸다.

「여긴 내 집이오.」

노인도 물러서지 않고 그 말을 받았다.

「아하, 그 말 한번 잘했군. 이런 돼지우리 같은 집이 누구의 땅에 서 있는지 모른다는 말이지?」

그 말에 노인은 진지한 표정을 지었다. 언젠가 정부에서 불하한 2헥타르의 땅문서를 받은 적이 있었지만 그 땅은 상류에 위치하고 있었다. 그렇지만 노인은 조금도 물러서지 않았다.

「이 땅은 어느 누구의 것도 아니오. 주인이 없다, 이 말이오.」

「역시 몰라도 한참 모른다니까…….」

읍장은 만면에 득의양양한 웃음을 지으며 덧붙였다.

「이 영감아, 강으로부터 양편의 백 미터에 이르는 땅은 몽땅 국가의 소유로 되어 있어. 아울러 이 기회를 빌려 하는 말인데, 이곳에서 국가란 곧 나야! 바로 나라고. 알았나? 그리고 오늘 문제는 추후에 다시 얘기하겠지만 나의 사전에 용서라는 단어가 없다는 걸 똑똑히 기억해 둬.」

노인은 당장이라도 격침을 잡아당기고 싶은 충동을 느꼈다. 총성과 함께 탄환이 총구를 벗어나 뚱보의 기름기 낀 뱃살에 박히며 등 뒤로 내장이 튀어나오는 장면이 눈앞에 떠올랐다. 노인의 눈이 이글이글 타오르고 있었다.

예사롭지 않은 상황을 판단한 뚱보는 그때서야 서둘

러 자리를 벗어나며 앞서 떠난 미국인들을 향해 발걸음을 재촉했다.

다음 날, 바닥이 평평한 모터보트가 엘 이딜리오 선착장을 떠났다. 그 배에는 네 명의 미국인들 외에 이주민과 떠돌이 히바로 족 인디오가 각각 한 명씩 타고 있었다. 그들은 읍장이 밀림의 안내자로 추천한 사람들이었다.

한편 노인은 엽총을 장전한 채 읍장의 방문을 기다리고 있었다. 그러나 그날 오후 늦게 오두막을 찾은 사람은 뚱보가 아니라 오네센 살무디오였다. 산악 지방 출신인 그는 노인과 동향으로 나이가 여든 살이었지만 친구처럼 지내는 사이였다.

「고향 친구, 별고 없었소?」

오네센 살무디오가 먼저 인사를 건넸다.

「별고라니, 여긴 무슨 일이오?」

노인이 다정스럽게 그를 맞으며 물었다.

「증기탕이 양키들과 함께 찾아 와서 밀림으로 들어가지 않겠느냐고 부탁합디다. 그래서 이 나이에 어딜 가겠느냐고 알아듣게 설명하느라 한참 애를 먹었소. 그건 그렇고, 그놈의 증기탕이 뭐라고 한 줄 아시오? 원 세상에, 입에 침도 바르지 않고선 내 이름이 미국식 이름이라 양키들이 참 좋아할 거라고 합디다.」

「그 이름이 어때서요?」

「어때서라니? 난 내 이름 오네센Onecén이 양키들의 성인 이름이라고 하기에 웃기는 소리 말라고 했지. 그랬더니 양키들이 어떻게 한 줄 아시오? 글쎄, 동전을 보여주며 내 이름에 t자를 하나 더 붙이면 동전에 박힌 1센트one cent와 똑같다는 거요.」

「이름이나 얘기하자고 여기 온 게 아닐 테지요.」

「맞소, 조심하라고 일러주러 온 거요. 그 증기탕 녀석은 양키들에게 엘 도라도로 돌아가거든 경찰서장을 찾아가라고 부탁합디다. 지방 경찰 두 명만 보내 달라고 말이오. 보아하니 그 뚱보는 당신 집을 결딴내려고 작정한 게 틀림없었소.」

「올 테면 얼마든지 오라고 하시오. 탄약이야 충분하니까.」

노인은 그렇게 대답했지만 자신이 없었다. 그날 이후 그는 밤에 쉽게 잠을 이루지 못했다.

그러나 노인의 불면증은 바닥이 평평한 모터보트가 다시 나타나면서 사라졌다. 7일 전에 떠났던 배가 돌아왔지만 하얀 물보라를 남기며 떠날 때처럼 우아한 모습은 아니었다. 어깨가 축 처진 채 선착장에 내린 미국인들 — 네 명이 아니라 세 명이었다 — 은 곧장 읍사무소로 걸어갔다.

읍장이 노인을 찾은 것은 그때부터 한 시간 정도 지난 후였다. 화해를 하자는 명목이었다.

「영감, 우리 같은 문명인들은 모든 문제를 대화로 풀수 있잖아? 사실 나는 요전에 당신에게 토지 불법 점유죄를 적용해서 당장 감방에 처넣을 수도 있었지만 참았지. 왜냐하면 우린 친구니까. 백지장도 맞들면 낫다고, 어려울 때는 서로 돕고 살아야지. 안 그래?」

「원하는 게 뭐요?」

「그렇게 따지지 말고 내 말 잘 들어. 영감은 밀림으로 떠난 양키들을 알고 있을 거야. 그런데 함께 간 히바로 놈이 야영을 하는 사이에 도망을 쳤다더군. 위스키가 두병이나 없어졌다니 그놈은 애당초 딴 생각을 품었던 게분명해. 영감도 알다시피 그놈들은 남의 것이나 훔쳐 먹고 사는 야만인이니까. 다행히 함께 간 이주민 덕분에 무마되었지만 말이야. 그 친구가 수아르 족 인디오들의 사진을 찍게 해줄 테니 걱정하지 말라고 안심을 시켰나 보더군. 사실 나는 양키들이 홀딱 벗은 인디오들을 왜 그렇게 좋아하는지 도무지 모르겠어. 도대체 그놈들 하는 짓이라곤…… 그런데 양키들 하는 말이 야쿠암비 산맥 근처까지는 이주민의 안내로 큰 문제없이 접근했는데 갑자기 나타난 원숭이들의 공격을 받았다는 거야. 흥분한 양키들이 한꺼번에 떠들어 대는 통에 일단은 알았다고 대답했지만 아무리 생각해도 이해할 수 없더군. 글쎄 원숭이들이 양키와 이주민을 죽이다니, 그게 어디 말이나 될 소리야! 영감도 잘 알고 있겠지만 꼬리긴원숭이는 순해서 발길질 시늉만 해도 도망치는 짐승들이라고! 그렇게 볼 때 그 일을 저지른 놈은 원숭이가 아니라 수아르 족 인디오들이 틀림없어. 분명 그놈들이야!」

뚱보는 노인의 표정을 살피더니 입가에 비웃음을 띠며 덧붙였다.

「영감은 그렇게 생각하지 않나?」

노인은 대답 대신 정색을 한 채 한참 동안 뚱보의 눈길을 받았다. 이윽고 노인의 입에서 차분하고 단호한 음성이 흘러나왔다.

「수아르 족이 시끄러운 문제를 일으키지 않는다는 건 읍장님도 잘 알고 있을 거요. 더욱이 양키들은 수아르 족 인디오를 못 보았소. 아까 그 이주민이 양키들을 야쿠암비 산맥 근처까지 데려갔다고 했는데, 그랬다면 수아르 족은 외지인들이 그곳에 도착하기도 전에 떠났을 거요. 그건 그렇고, 방금 원숭이가 순하다고 했던가요? 안됐지만 그 말은 틀렸소. 그 짐승들은 몸집이 작아도 떼를 지어 공격하면 말 한 마리 정도는 순식간에 해치우니까요.」

「지금 무슨 소릴 하는 거야. 양키들은 사냥하러 간 게 아니었어. 무기 하나 휴대하지 않았다니까!」

「그건 아직도 이 밀림에 대해 모르고 하는 말이오. 당신은 혹시 수아르 족 인디오들이 원숭이 서식처에 들어갈 때 어떻게 행동하는지 알고 있소? 그들은 몸에 달린 장신구를 다 떼어 내고 얼굴과 낫칼에 불에 태운 야자나무 재를 바를 정도요. 원숭이들의 호기심을 자극하지 않으려고 말이오. 그런데 양키들은 사진기도 부족해서 온몸에 손목시계니, 목걸이니, 혁대니, 단도까지 차고 갔으니 어떻게 되었을까요? 이 기회를 빌려 부탁하건대 당신도 그곳에 갈 일이 있거든 장신구는 달지 말고, 혹시나 달고 갔더라도 원숭이들이 달려들면 가만히 내버려 두시오. 무슨 말인지 알겠소? 그 물건에 집착한 나머지 엉뚱한 짓을 벌여서 원숭이들을 노여움에 떨게 만들면 그때는 모든 게 끝장이니까요. 원숭이가 꽥꽥 소리를 내는 순간 수백 아니 수천 마리의 털북숭이들이 한꺼번에 달려드는 장면을 상상해 보시오.」

「생각해 보니 그 말이 맞군.」

뚱보는 흘러내리는 땀방울을 연신 훔쳐내며 말했다.

「하지만 이번 일은 영감도 책임이 없다고는 볼 수 없어. 양키들을 따라가서 길 안내를 맡았으면 이런 불상사가 생기지 않았을 테니까. 안 그래?」

「설사 내가 갔더라도 결과는 똑같았을 거요. 양키들은 언제나 자기 잘난 맛에 사는 인간들이니까.」

「영감, 문제는 그놈의 양키들이 주지사의 추천장을 갖고 있다는 거야. 무슨 말인지 알겠나? 나는 지금 그 일 때문에 머리가 터져 버릴 것 같아. 그러니 어떡하겠나. 영감이 날 좀 도와줘야지.」

「날더러 뭘 어떻게 하란 말이오?」

읍장은 대답 대신 바지의 뒷주머니에서 위스키 병을 꺼내 노인에게 건넸다. 그러나 무심코 그 맛을 보려고 입을 댔던 노인은 이내 부끄러운 마음이 들었다. 자신의 꼬락서니가 마치 호기심 많은 원숭이들이나 다름없었던 것이다.

「양키들은 동료의 시신을 거둬 왔으면 하더군. 물론 그 일만 처리하면 영감이나 나는 한몫 챙길 수 있을 거야. 어때, 이번 일은 영감이 나서야 하지 않겠어? 게다가 이곳에서 그런 일을 깔끔하게 처리할 사람은 영감 말고 없거든.」

「난 당신의 제의에는 추호도 관심이 없소. 그 대신 한 가지만 약속하시오. 그 양키의 시신을 거둬 오면 더 이상은 나를 건드리지 않고 조용히 살도록 내버려 두겠다고 말이오.」

「그야 물론이지. 영감, 우리 같은 문명인들은 대화로 모든 문제를 해결할 수 있다고 했잖아.」

미국인들이 첫날 야영을 했던 곳까지 가는 데는 별 어려움이 없었다. 거기서부터 노인은 낫칼로 길을 내며 밀림의 고지대인 야쿠암비 산지로 들어갔다. 그곳은 사방 천지가 야생 열매 천국이라 여러 종류의 원숭이들이 서식하고 있었다. 양키들이 남기고 간 흔적은 찾아다닐 필요조차 없었다. 워낙 많은 유류품들이 여기저기 흩어져 있었다.

먼저 노인의 눈에 띈 유골은 이가 없는 것으로 보아 이주민의 시신이었다. 미국인의 시신 역시 그곳으로부터 몇 발자국 떨어진 곳에서 발견되었다. 말이 시신이지 새하얀 형태의 두개골밖에 없었는데, 그것마저 개미들의 마지막 제식에 의해 처리되는 중이었다. 난쟁이 나무꾼처럼 부지런히 움직이는 개미들은 머리칼 한 올 놓치지 않고 그들의 집까지 운반해서 원추형의 입구를 떠받치고 있었다.

노인은 묵묵히 일하고 있는 개미들을 바라보며 담배에 불을 붙였다. 그의 머리 위에서 어떤 소리가 난 것은 그때였다. 그러나 고개를 쳐든 노인은 피식 웃음을 터뜨렸다. 나무 위에 있던 꼬리긴원숭이가 실수로 떨어뜨린 카메라를 잡으려고 기를 쓰다가 미끄러졌던 것이다.

이윽고 담배를 태우고 난 노인은 낫칼을 들었다. 그는 개미들의 도움을 받아 깨끗이 처리된 두개골을 배낭 속에 넣었다. 미국인이 유일하게 남긴 유품은 버클이었다. 원숭이들도 은으로 도금된 말발굽 형태의 버클만큼은 어떻게 해볼 수 없었던 모양이었다.

노인은 유골과 유품을 챙겨 엘 이딜리오로 돌아왔다. 물론 읍장은 약속을 지켰다. 그리하여 노인은 다리가 긴 책상 앞에서 고즈넉이 흘러가는 강을 바라보며 천천히, 아주 천천히, 그가 아껴 둔 연애 소설을 읽을 수 있는 자유롭고 평화로운 시간을 되찾을 수 있었다.

　그런데 그렇게 되찾은 자유가, 그토록 지켜 왔던 노인
의 평화가 다시 위협받고 있었다. 그것도 수색대에 합류
하라는 읍장의 강요에 의해서, 아니 밀림의 어딘가에 숨
어 있는 날카로운 짐승의 발톱에 의해서 서서히 도전받
고 있었던 것이다.

7

두껍게 드리운 먹구름 사이로 희끄무레한 새벽의 여명이 나타날 무렵, 읍사무소 앞으로 사람들이 하나둘씩 모여들었다. 이른 새벽에 집을 나선 그들은 오솔길에 파인 웅덩이를 피하려고 맨발에 바지를 무릎까지 말아 올린 채 걸어오고 있었다. 읍장을 제외한 그들은 암살쾡이를 찾아 나설 네 명의 남자들이었다.

읍장은 부인에게 커피와 풋풋한 바나나를 내오라고 말한 뒤에 수색대원들에게 엽총용 실탄을 나눠 주었다. 그들에게 할당된 것은 여섯 발의 실탄 외에 담배와 성냥 한 묶음 그리고 한 병의 프론테라였다.

「국가에서 지급하는 것이니, 돌아오는 즉시 인수증에 서명하는 걸 잊지 말도록.」

잠시 후 음식이 나왔다. 수색대는 바나나를 안주 삼아 해장을 하거나 빈속을 채우고 있었으나 한 사람은 그들과 거리를 두고서 술과 음식에는 손도 대지 않은 채 침을 퉤퉤 뱉어 가며 낫칼의 날을 갈고 있었다. 안토니오 호세 볼리바르 프로아뇨였다.

노인은 집을 나서기 전에 가벼운 음식으로 이미 허기를 달랜 뒤였다. 사냥을 앞두고 몸이 무거우면 정신이 산만해진다는 사실을 잘 알고 있었던 것이다. 이윽고 노인은 낫칼을 허공에 세운 채 한쪽 눈을 감고서 날이 제대로 갈아졌는지 확인했다.

「읍장 각하, 무슨 계획은 있습니까?」

그들 가운데 한 사람이 뚱보에게 물었다.

「우선 미란다의 거처까지 갈 생각이야. 그다음은 거기 도착하면 알게 되겠지.」

아무리 보아도 뚱보는 좋은 전술가가 아니었다. 그는 잔뜩 거드름을 피우며 부락민들에게 기이한 물건으로 여겨지는 자신의 권총 — 스미스 앤 웨슨 — 을 살펴보고 난 뒤에 그 큰 덩치를 청색 방수복 속에 밀어 넣느라 낑낑대고 있었다.

증기탕아, 그 비옷이 얼마나 거추장스러운 것인지 이제 곧 알게 될 거야. 두고 봐. 네놈의 살은 물론이고 불알까지 몽땅 익어 버릴 테니까.

사람들은 말은 하지 않았지만 녹슨 수도꼭지에서 새는 물처럼 땀을 뻘뻘 흘리는 뚱보를 보며 내심 고소해하는 눈치였다.

읍장을 제외한 수색대원은 모두 맨발이었다. 그들은

수수깡 모자를 비닐 포대로 감싸고 담배와 성냥과 탄약은 표면에 고무를 입힌 배낭에 챙겨 넣었다.

「이런 말씀드려도 될지 모르겠습니다만, 고무장화를 신으면 걷기가 불편할 겁니다.」

일행 중에 한 사람이 엽총을 어깨에 걸치며 말했다.

그러나 뚱보는 그의 말을 못 들은 척하며 출발 신호를 보냈다.

엘 이딜리오의 마지막 집을 벗어나자 밀림이 시작되었다. 숲 속은 빽빽이 들어선 나무 때문에 비가 들이치지 않았지만 굵은 물방울이 온갖 수목의 향기와 함께 낙숫물처럼 떨어졌다. 지붕처럼 하늘을 덮은 널따란 잎사귀나 가지에 고인 빗물이 그 무게를 견디지 못했던 것이다. 밀림 속을 걷는 일은 여간 어려운 게 아니었다. 가뜩이나 비좁은 오솔길은 진흙탕인 데다 제멋대로 침범한 나뭇가지와 풀 때문에 행군을 더디게 만들었다.

수색대는 속도를 내기 위해 세 패로 나뉘어 걷고 있었다. 맨 앞에는 두 사람이 낫칼을 휘두르며 길 내는 역할을 맡고 그 뒤에 읍장, 마지막으로 노인을 포함한 두 사람이 길을 다졌다.

「다들 실탄을 장전하도록 해. 만일의 사태에 신속하게 대비해야 하니까.」

뚱보가 숨을 헉헉거리며 지시했다.

「그럴 필요가 있겠소? 비에 젖을지도 모르니 배낭 속

에 놔두는 게 더 나을 거요.」

노인이 그 말을 받았다.

「모든 명령은 내가 해.」

읍장이 시큰둥하게 말했다.

「분부대로 하겠습니다, 읍장 각하. 어쨌든 실탄은 국
가 것이니까요.」

일행은 모두 실탄을 장전했다. 그러나 시늉뿐이었다.

엘 이딜리오를 떠난 지 다섯 시간이 지나고 있었다.
그러나 수색대가 이동한 거리는 겨우 1킬로미터 정도에
불과했다. 문제는 읍장과 그의 고무장화 탓이었다. 툭하
면 진흙탕 속에 빠진 뚱보는 그때마다 일행의 도움을 받
아 발걸음을 재촉했지만 몇 걸음도 못 가서 다시 허우적
거렸던 것이다. 그러나 수차례나 일행을 곤혹스럽게 만
들던 그 장화의 운명도 그렇게 길지는 못했다.

뚱보는 무릎까지 빠진 진흙탕 속에서 허우적거렸지만
역시 일행의 도움을 받아 몸의 균형을 잡은 채 겨우 다
리를 빼낼 수 있었다. 그런데 온 힘을 주고 겨우 빼낸 것
은 고무장화가 아니라 창백하고 외설적으로 생긴 그의
오른발이었다. 순간 뚱보는 장화가 사라진 진흙탕 구멍
에 발을 갖다 대며 소리쳤다.

「장화! 내 장화를 찾지 않고 뭣들 하는 거야!」

「장화 때문에 골치깨나 썩을 거라고 하지 않았던가

115

요? 어쨌든 장화는 이제 못 찾소. 그러니 우리처럼 맨발로 나뭇가지를 밟으면서 걷도록 하시오. 이런 길은 맨발이 훨씬 편하니까.」

뚱보는 씩씩거리며 손으로 진흙탕을 파내려고 기를 썼다. 하지만 그가 움켜쥔 것은 손가락 사이로 빠져나가는 흙탕물뿐이었다.

「제가 읍장 각하라면 그만 포기하겠습니다. 그 개흙 속에는 벌레가 들어 있는지도 모르니까요.」

뚱보를 지켜보던 일행 가운데 한 사람이 말했다.

「어쩌면 전갈이 있을지도 모르지. 그놈들은 날씨가 귀찮게 구는 게 싫어서 우기가 지나갈 때까지는 개흙 속에 파묻혀 있거든. 아무튼 그놈들 성깔 하나는 아주 고약하다니까.」

노인이 맞장구를 쳤다.

「영감, 그런다고 내가 겁먹을 줄 아나? 말도 안 되는 소리로 나를 엿 먹이려 들지 마!」

「천만에요, 읍장 각하. 제가 감히 누구 앞에서 헛소리를 지껄이겠습니까?」

노인은 그렇게 말하고 나뭇가지를 하나 꺾어 들더니 그것을 두 쪽으로 갈랐다. 그리고 그것으로 부글부글 끓고 있는 구멍을 찾아 서너 번 쑤셔 넣고 빼낸 뒤에 낫칼로 흙탕물을 털어 냈다. 떨어지는 흙탕물 사이로 꿈틀거리는 게 있었다. 진흙이 묻어 있었지만 잔뜩 화를 낸 듯 꼬리를 세운 그것은 전갈이었다.

「보셨소? 특히 각하같이 엄청나게 많은 땀을 흘리는 사람은 이놈들에게 아예 날 잡수시오 하는 거나 다름없다니까요.」

읍장은 말이 없었다. 그는 모든 것을 단념한 듯한 눈빛으로 전갈을 바라보더니 권총을 뽑아 들었고, 이제 막 진흙탕으로 돌아가려고 발버둥치는 그 벌레를 겨눠 방아쇠를 당겼다. 여섯 발의 총성이 밀림을 진동했다. 뚱보는 남은 한쪽 장화를 벗어 나뭇가지 사이로 내팽개쳐 버렸다.

문제는 거기서 그치지 않았다. 고무장화를 벗은 뚱보의 걸음이 빨라졌지만 오르막길에 이르면 다시 뒤쳐졌던 것이다. 뚱보는 별 어려움 없이 언덕을 오르는 일행과는 달리 두 손까지 땅을 짚고도 힘들어 했다. 한 걸음 나아가면 두세 걸음 물러나는 형국이었다.

「읍장 각하, 엉덩이를 대고 올라 오셔야죠!」

일행이 이구동성으로 떠들어 대고 있었다.

「우리가 하는 것처럼 땅을 밟기 전에 다리를 적당히 벌려야 해요!」

「닭장 앞을 지나가는 수녀처럼 걷지 말고 우리처럼 걸으라니까요!」

「다시 말하지만 다리를 충분히 벌리고 엉덩이에 힘을 주세요!」

그러나 뚱보는 들은 척도 하지 않았다. 그는 충혈된 눈빛으로 그들을 노려보며 자기 방식으로 걷는 것을 고집했다. 달리 방도가 없었다. 그때마다 일행은 팔과 팔을 엮어서 번번히 그의 의지를 거스르고 있는 거푸집처럼 무거운 몸뚱어리를 끌어올려야 했다.

내리막길은 상황이 반대였다. 뚱보는 땅바닥에 아예 펑퍼짐한 엉덩이를 내맡겼다. 그 바람에 그의 몸은 진흙투성이로 변했지만 늘 선두를 차지했다.

저녁이 되자 숲 속은 한 치 앞도 분간하기 힘들 만큼 어두워지고 있었다. 육안으로 확인할 수는 없었지만 지붕처럼 가려진 밀림 위로 두꺼운 먹장구름이 다시 몰려드는 게 확실했다.

「앞이 보이지 않으니 계속 이동한다는 것은 불가능해.」

뚱보가 가쁜 숨을 몰아쉬며 말했다.

「지당하신 말씀입니다, 읍장 각하.」

「오늘은 여기서 머물 것이니 각자 짐을 풀도록.」

「그렇게 서두를 일은 아니지요.」

노인이 그의 말을 제지하며 나섰다.

「내가 적당한 곳을 찾아볼 테니, 그동안 여러분은 돌아가면서 담배를 태우도록 하시오.」

노인이 담배를 권한 것은 밀림에서 자칫 길을 잃더라도 담배 냄새를 맡고 원위치로 돌아올 수 있기 때문이었다. 그는 일행에게 엽총을 건넨 뒤에 그곳을 떠났다.

그곳에서 멀지 않은 곳에 평평한 장소가 있었다. 노인은 칠흑 같은 어둠 속에서 팔을 뻗어 주변을 더듬거나 걸음을 떼어 그 넓이를 가늠했고, 낫칼로 주위의 나무와 풀을 찔러 보았다. 낫칼 끝에 전해지는 느낌이 딱딱한 것으로 보아 비가 쉽게 들이치지 않는 곳이 분명했다.

수색대는 노인이 봐둔 평지에 짐을 풀었다. 야생 바나나나무 잎을 꺾어 바닥에 깔자 푹신푹신한 게 더 이상 좋을 수 없는 자연 침대가 되었다. 다들 프론테라 병을 열어 한 모금씩 들이키며 여정을 달랬다.

「모닥불을 피울 수 없는 게 아쉽군. 불이 있으면 훨씬 더 안전할 텐데 말이지.」

뚱보가 투덜거렸다.

「하긴 불을 피우는 게 나을 수도 있겠군요.」

일행 중의 한 사람이 덧붙였다.

「정말이지 어두운 것은 딱 질색이야. 야만인들도 밤이면 불을 피워 거처를 보호하는데, 이게 무슨 꼴이지?」

뚱보가 다시 씩씩거렸다.

「잘 들으시오, 읍장 각하.」

노인이 가만히 타이르듯 훈수했다.

「우린 지금 안전한 곳에 있어요. 그런데 불을 피우면 어떻게 되겠소? 짐승이야 노출된 우리를 쉽게 공격할 수 있지만 우리는 불빛 때문에 그 짐승을 볼 수 없을 게

119

아니오. 그러니 마음을 차분히 가라앉히고 잠이나 청하도록 하시지요.」

일행은 잠시 의견을 교환한 끝에 한 사람씩 경계를 서기로 했다. 노인이 첫 번째 보초로 나서자 나머지는 모자로 얼굴을 가리고 두 다리 사이에 팔을 끼워 넣은 채 잠을 청했고, 하루 종일 밀림 속을 걸었던 탓인지 금방 코를 골기 시작했다.

밀림의 밤이 차츰 깊어 가는 가운데, 나무에 등을 기댄 노인은 아까부터 숲 속을 응시한 채 귀를 열어 놓고 있었다. 끊임없이 떨어지는 빗소리와 물 흐르는 소리 사이에서 간헐적으로 들려오는 또 다른 소리가 있었는데, 그것은 폭우를 견디지 못하고 나무에서 떨어지는 곤충이나 벌레를 잡아먹으며 오랜만의 포식을 즐기는 거대한 물고기들이 기쁜 나머지 수면 위로 뛰어올랐다가 떨어지는 소리였다.

어쩌면 저 물고기들 중 그놈이 있을지도 몰라.

어느덧 노인은 맨 처음 강에서 물고기다운 물고기를 보았던 시절을 생각하고 있었다. 그때만 해도 그는 밀림의 세계를 처음 접한 뜨내기나 다름없었다.

그는 사냥을 한 뒤에 흐르는 땀을 식히려고 가까운 하천을 찾았고, 별생각 없이 물속으로 뛰어들 준비를 하고 있었다. 그러나 바로 그 순간에 ── 그는 억세게 운이 좋았다는 생각이 들었다 ── 누군가가 그를 향해 소리쳤다.

「들어가면 안 돼!」

그는 소리 나는 곳을 향해 고개를 돌렸다. 수아르 족
인디오가 헐레벌떡 뛰어오며 그를 제지했다.

「왜 그래? 피라니아가 있나 보지?」

그가 물었다.

수아르 족 인디오는 고개를 저었다. 하긴 피라니아는
흐르는 물이 아니라 깊고 정체된 물속에 살며, 느릿느릿
움직이다가도 배가 고프거나 피 냄새를 맡으면 민첩하
고 난폭해지는 물고기였다. 그래서 원주민들은 살갗에
닿는 순간 따끔거리고 얼얼하게 만들지만 물에 닿는 순
간 시원해지는 고무나무 액을 온몸에 듬뿍 발랐다. 피라
니아들이 가까이 접근하지 못하는 것은 그 냄새 때문이
었다. 잠시 후 수아르 족 인디오는 손가락으로 수면 위
를 가리키며 덧붙였다.

「내가 걱정하는 것은 피라니아가 아니라 저놈 때문
이야.」

그는 인디오의 손가락이 가리키는 방향으로 시선을
돌렸다. 형체는 정확하지 않았지만 몸길이가 족히 1미
터는 넘어 보이는 물체가 수면 위를 미끄러지고 있었다.

「저게 뭐지?」

「금강앵무새메기야.」

순간 그는 벌린 입을 다물지 못했다. 나중에 그는 그

놈의 — 그는 그 거대한 물고기 사냥을 나간 적도 있었
다 — 길이가 최대 2미터에 무게가 70킬로그램까지 나
간다는 것과 그놈이 꼬리를 치면 사람의 허리를 부러뜨
릴 만한 힘을 소유하고 있지만 인간에게 스스럼없이 다
가설 만큼 친화적이라는 사실도 알았다.

노인은 끊임없이 수면을 때려 대는 묵중하고 둔탁한
소리의 주인공이 바로 그 거대한 금강앵무새메기일 거
라고 생각했다. 어쩌면 그놈은 나무에서 떨어지는 흰개
미, 땅벌, 풍뎅이, 메뚜기, 귀뚜라미, 거미는 물론이고
몸이 가느다란 날뱀 등을 정신없이 잡아먹고 있는지도
몰랐다.

밀림의 어둠 속에서 들려오는 이 소리야말로 진정 살
아 있는 자연의 소리라고 할 수 있을 거야.

노인은 〈낮에는 인간과 밀림이 별개로 존재하지만, 밤
에는 인간이 곧 밀림이다〉는 수아르 족 인디오의 말을
떠올리며 어둠을 응시하고 있었다.

이윽고 잠에서 깬 교대자가 몸을 일으켰다. 그는 뼈마
디 부러지는 소리가 나도록 늘어지게 사지를 편 뒤에 노
인에게 다가왔다.

「이제 그만 돌아가서 눈 좀 붙이시죠, 영감님. 제가 누
워 있던 곳에 가면 체온이 남아 있으니 금방 잠이 올 겁
니다.」

「난 괜찮아. 새벽빛을 본 뒤에 잠시 눈을 붙여도 늦지 않을 걸세.」

「밤새 강물에서 투덕거리는 소리가 나는 것 같던데, 무슨 소리였죠?」

그러나 노인은 대답 대신 손가락을 입술에 갖다 댔다. 그의 청각은 이미 숲 속으로부터 들려오는 이상한 기척을 포착하고 있었던 것이다.

「왜 그래요?」

교대자가 가만히 물었다.

「쉿! 조용히 하게.」

노인은 조용히 속삭였다.

「무슨 소리죠?」

「몰라. 하지만 예사말은 아니야. 그러니 가만히 다가가서 사람들을 깨우게.」

하지만 보초 교대자는 미처 자리에서 일어서지 못했다. 비수처럼 날아든 빛이 축축한 나뭇잎에 반사되면서 그의 망막에 꽂혔던 것이다. 두 사람을 향해 걸어오는 읍장의 손전등에서 불빛이 쏟아지고 있었다.

「어서 끄시오!」

노인이 낮은 음성으로 경고했다.

「끄긴 왜 꺼! 저기 뭔가 있는 게 틀림없으니 확인해야겠어.」

뚱보는 그 말을 무시한 채 방아쇠에 손가락을 갖다 대

며 사방으로 손전등을 비추었다.

「어서 끄라고 하지 않았던가요?」

노인이 뚱보의 손목을 쳐서 손전등을 떨어뜨렸다.

「아니, 지금 영감이 무슨 짓을 하고 있는지…….」

그러나 뚱보의 말이 끝나기 전에 요란한 날갯짓 소리가 들리면서 질펀한 액체가 그들의 머리 위로 쏟아졌다.

「끝내 일을 저질렀군.」

노인이 조롱기 섞인 음성으로 말했다.

「지금 당장 여길 뜨지 않고 뭘 하고 있는 거야. 신성한 똥을 찾아 달려드는 개미들을 구경하고 싶어 안달이라도 난 모양이지!」

노인의 말이 떨어지기 무섭게 일행은 짐을 챙겨 그곳을 떠났고, 손전등을 찾아 더듬거리던 뚱보 역시 허둥지둥 그들 뒤를 따랐다. 그들은 뚱보가 알아듣기 힘든 욕지거리를 내뱉으면서 부지런히 걸음을 옮기고 있었다.

칠흑같이 어두운 밀림을 빠져나오자 이번에는 무지막지하게 쏟아지는 빗방울이 그들을 맞이했고, 그 빗방울 사이로 희끄무레한 새벽빛이 사람들의 윤곽과 숲의 형태를 드러내고 있었다.

「도대체 무슨 일이야?」

정신없이 따라오던 뚱보가 물었다.

「똥인지 오줌인지 아직도 모르겠어요?」

일행 중의 한 사람이 대답했다.

「나도 똥이란 것쯤은 알고 있어. 그러니까 우리가 원숭이 서식처 밑에 있었단 말이야?」

「읍장 각하, 혹시 도움이 될까 해서 한 말씀 드리겠소.」

노인이 그때서야 나직하게 타이르듯 말했다.

「밀림에서 야영을 할 때는 불에 타거나 석화된 나무가 있는 곳을 골라야 합니다. 왜냐하면 그곳에는 감시병 역할을 할 수 있는 박쥐들이 서식하고 있으니까요. 무슨 말이냐 하면, 그놈들은 어떤 소리가 나면 정반대 쪽으로 날기 때문에 그 방향에 의해 맹수의 출현이나 맹수가 있는 방향을 가늠할 수 있다, 이 말이오. 그런데 각하가 손전등까지 비췄으니 가뜩이나 소리나 빛에 극도로 민감한 박쥐들이 어떻게 반응할까요? 조금이라도 위험한 징후를 느끼면 몸을 가볍게 하기 위해 뱃속에 있는 걸 몽땅 쏟아 내고 마는 놈들이니 똥을 쌀 수밖에. 내 말을 알아들었으면 어서 머리나 잘 닦으시오. 이번에는 개미가 아니라 모기들에게 물어뜯기고 싶지 않으면 말이오.」

한바탕 박쥐 소동을 겪은 수색대는 다시 길을 떠났다. 그사이 어둠은 이미 희끄무레한 새벽빛을 남기며 조금씩 물러나고 있었다.

수색대는 동쪽으로 방향을 잡았다. 그들은 밀림의 가장자리에 위치한 절벽과 개천가를 따라 걷는 동안 입을 벌려 떨어지는 빗방울로 목을 축이거나 더위를 식혔다.

그들이 요기를 하고자 어느 호숫가에 걸음을 멈춘 것은 길을 떠난 지 3시간이 지난 후였다.

일행은 각자 흩어져 구해 온 과일과 새우로 빈속을 채웠다. 그러나 뚱보는 날것을 먹을 수 없다고 버티면서 손도 대지 않았다.

「이제 거의 다 온 것 같아요.」

막 요기를 끝낸 일행 중 한 사람이 말했다.

「하지만 지금부터는 정신을 바짝 차려야 하네.」

노인이 그 말을 받으며 덧붙였다.

「강을 따라가면 편하긴 하겠지만, 그랬다간 우리가 당할지도 몰라. 살쾡이는 워낙 영악한 놈이라 길목을 지키고 있다가 공격할 수도 있거든.」

「가만, 저기 좀 보라니깐.」

그때 입 속으로 아구아르디엔테를 한 모금 털어 넣던 일행 중의 한 명이 나지막이 말했다.

그들의 시선이 일제히 읍장에게 쏠렸다. 방수복을 입고서도 춥다고 벌벌 떨며 모닥불 타령을 늘어놓던 뚱보가 슬그머니 자리를 뜨고 있었다.

「우리 각하께서 엉덩이 깐 모습은 보여 주고 싶지 않나 보군.」

사람들은 뚱보의 모습이 수풀 속으로 사라지자, 기다렸다는 듯이 한 마디씩 던져 대며 웃음을 터뜨렸다.

「저 얼간이는 개미집을 왕좌로 착각한 채 그 위에 앉

아서 일을 볼 거야.」

「두고 봐. 우리 각하께서 이제 곧 밑 닦을 휴지를 찾을 테니까.」

그러나 그들의 농담과 웃음은 오래가지 못했다. 느닷없는 뚱보의 외마디 비명과 함께 탄음이 들렸던 것이다. 순식간에 여섯 발의 총성이 이어졌다. 깜짝 놀란 그들의 눈앞에 겨우 바지를 치켜 올린 뚱보가 허둥대며 고함을 지르기 시작했다.

「뭣들 하고 있는 거야! 내가 맞췄다고! 그놈이 나타났어!」

그들은 황급히 자리에서 일어나 무기를 들고서 뚱보가 가리키는 방향을 향해 뛰어갔다. 수풀 위에는 짐승이 흘리고 간 핏자국이 선명하게 찍혀 있었다. 그리고 그 핏자국이 끝난 곳에는 피와 진흙으로 범벅이 된 황색 곰이 마지막 순간을 맞이하고 있었다.

「세상에, 이건 꿀곰이잖소!」

노인이 읍장을 쳐다보며 쏘아붙였다.

「그 빌어먹을 장난감의 방아쇠만 잡아당기면 만사가 다 해결되는 거요? 꿀곰을 죽이면 재앙이 온다는 것은 천하의 바보들도 다 알고 있소. 밀림에서 저 짐승만큼 순한 동물은 없단 말이오.」

뚱보는 한마디 변명도 하지 못한 채 애써 자신의 무기를 들여다보는 척했고, 일행은 크고 맑은 눈으로 인간들

을 바라보며 가쁜 숨을 몰아쉬고 있는 곰의 마지막 순간
을 지키면서 가만히 고개를 저었다.

정오가 지나서야 수색대는 미란다의 가게에 도착했
다. 그의 가게 옆에 서 있는 나무 위에는 빛바랜 활자로
〈알카세트세르〉라고 쓰인 사각형의 청색 양철판이 달려
있었다.

이주민인 미란다는 그가 사는 집 입구에서 시체로 발
견되었다. 목덜미는 찢겨져 척추가 보이고, 어깨 부위에
서 허리까지 깊게 파인 등짝은 시뻘건 살점을 드러내 놓
고 있었다.

그들은 개미들이 보여 주는 예술적 작품 ─ 개미들은
밤새 시신을 효과적으로 처리하기 위해 나뭇잎과 나뭇
가지로 만든 다리를 하나 만들어 두고 있었다 ─ 을 애
써 무시한 채 여전히 손에 칼을 들고 있는 시신을 끌어
다가 거처로 옮겼다. 그의 거처는 아직도 가스등이 희미
하게나마 빛을 발하는 가운데 지방질 타는 냄새가 진동
하고 있었다.

일행 중 한 사람이 석유풍로가 있는 쪽으로 다가갔다.
숨을 쉴 수 없을 정도로 독한 냄새를 풍기고 있는 진원
지는 그곳이었다. 연료가 바닥이 난 채 심지까지 타버린
석유 풍로 주위로 미지근한 열기가 느껴졌고, 그 위에
올려진 프라이팬에는 시커멓게 숯덩이로 변한 이구아나

꼬리 조각이 놓여 있었다.

「도저히 이해할 수 없군.」

뚱보가 고개를 갸웃거리며 중얼거리듯 입을 열었다.

「미란다는 이 일대에서 베테랑이자 겁 없는 사람으로
소문난 사람이었는데, 얼마나 겁을 먹었으면 풍로를 끌
생각조차 못했을까. 그렇잖아? 살쾡이소리를 들었으면
문을 걸어 잠가야지, 왜 열어 둔 거야? 게다가 총도 있
었잖아.」

일행은 뚱보가 땀에 흠뻑 전 방수복을 벗는 사이에 나
름대로 여러 가지 정황을 추측하면서 술을 마시거나 담
배를 태웠다.

「그렇게 나쁜 사람은 아니었는데.」

일행 중 한 사람이 시신을 바라보며 중얼거렸다.

「마누라가 떠난 뒤로 엉망이 된 거야.」

다른 사람이 그 말을 받았다.

「가족은 없나?」

뚱보가 물었다.

「없죠. 함께 온 동생이 하나 있었는데, 오래전에 말라
리아로 죽었으니까요. 들리는 말에 사진 기자와 눈이
맞아 도망간 마누라는 사모라에 살고 있다더군요. 수크
레 호 선장이라면 그 여자가 사는 곳을 알고 있을지도
모르죠.」

「아무리 콧구멍만 한 가게라지만 돈은 좀 벌었을 게

129

아냐?」

뚱보가 다시 물었다.

「돈이라고요? 벌면 뭣해요? 손에 땡전 한 푼이라도
쥐어지면 카드 노름판에 털어 넣기 바빴죠. 오죽했으면
물건 들일 돈이 없어서 쩔쩔맸을까요. 읍장 각하는 아직
잘 모르시나 본데, 처음에 길을 잘못 들어서면 끝까지
헤매는 곳이 밀림이라고요.」

그 말에 다들 고개를 끄덕였지만 이야기는 더 이상 진
행되지 못했다. 그사이 밖에 있던 노인이 들어와 예기치
못한 소식을 전했던 것이다.

「당한 사람이 또 있소.」

그들은 믿을 수 없다는 듯 서로의 얼굴을 쳐다보며 다
급하게 뛰쳐나갔다. 그사이에 다시 굵어진 빗방울이 그
들의 얼굴을 사정없이 때려 대고 있었다.

누운 상태에서 바지가 벗겨진 또 하나의 시신은 미란
다의 그것과 흡사한 모습이었다. 두 개의 깊고 날카로운
발톱 자국이 어깨와 목에 깊은 상처를 내놓고 있었다.
시신 옆에 낫칼이 놓여 있었으나 그 거리로 보아 미처
그것을 사용하지 못한 것 같았다. 그 순간 노인의 입에
서 알 듯 모를 듯한 말이 흘러나왔다.

「그랬던 거야.」

노인은 뚱보를 쳐다보며 입을 열었다.

「이 사람은 플라센시오 푸냔이라고, 이 근처에 자주

얼굴을 내미는 편은 아니었소. 이 사람은 미란다와 함께 식사나 할까 하고 들렀을 것이오. 불에 탄 이구아나 꼬리를 보았던가요? 이구아나는 이 일대에 없고 아주 깊은 곳으로 들어가야 볼 수 있소. 게다가 이 사람은 금을 찾는 노다지꾼이 아니라 밀림 깊숙한 곳에 보석이 있다고 확신하던 인물이오. 그러고 보니 이 사람이 언젠가 콜롬비아를 들먹이며 주먹만 한 푸른색 에메랄드에 대해서 열을 올리던 모습이 떠오르는구려. 불쌍한 인간 같으니⋯⋯ 보시다시피 이 사람은 볼일을 보러 밖에 나왔다가 짐승에게 당했던 거요. 그것도 쪼그리고 앉은 자세에서 칼을 쥔 채 말이오. 읍장 각하, 이 정도면 나머지 이야기는 생략해도 되지 않겠소? 결국 미란다는 이 친구의 비명소리를 듣고 뛰쳐나왔다가 짐승을 보았고, 얼떨결에 노새를 타고 도망칠 생각만 했던 거요.」

일행 중의 한 사람이 마치 노인의 확신을 증명하듯 시신을 거꾸로 뒤집었다. 그들은 시신의 등에 배설물이 잔뜩 묻어 있는 것을 볼 수 있었다.

「마지막 순간에 속을 비울 수 있었으니, 그 사람 복도 많았군.」

그들은 시신을 치우지 않았다. 다들 무지막지하게 쏟아지는 빗방울에 한 인간이 남긴 마지막 흔적이 깨끗하게 씻기길 바라고 있었다.

8

그날 오후는 시신을 처리하는 일로 마무리되었다.

수색대는 먼저 두 구의 시신을 수습한 후 서로 마주
보게 하고 미란다가 사용하던 그물그네에 둘둘 말았다.
죽은 자들을 서로 모르는 사이로 만들어서 저승으로 보
내지 않겠다는 그들의 마지막 배려인 셈이었다. 그들은
끈으로 그네를 단단히 묶은 다음 네 귀퉁이에 큰 돌을
하나씩 매달았다.

두 사람의 영원한 안식처는 가까운 늪지였다. 그들은
가장자리에 마주 선 채 그물을 멀리 보내기 위해 좌우로
흔들어 대다가 장미와 등심초가 우거진 곳을 향해 힘껏
던졌다. 그리고 두 구의 시신이 깜짝 놀란 두꺼비들과
수풀을 끌고 늪 속으로 천천히 빨려 들어가며 뽀얀 거품
을 뿜어 올리는 광경을 지켜본 뒤에 발걸음을 돌렸다.

수색대가 미란다의 거처로 다시 돌아왔을 때 날은 이

미 어두워져 있었다.

읍장은 사람들을 불러 놓고 두 명이 두 조로 나뉘어 네 시간씩 경비를 서도록 지시했다. 물론 그 자신은 열외였다. 그들은 잠자리에 들기 전에 쌀밥에 튀긴 바나나를 먹으며 아구아르디엔테를 한 모금씩 곁들였다.

전날과 마찬가지로 노인은 첫 번째 보초였다. 경비라고 해야 방에서 밖의 동정에 귀를 기울이는 일이었다.

가스등을 눈앞에 갖다 놓은 노인은 돋보기를 끼고 가져온 책을 펼쳤다.

「글을 알고 보는 거요?」

한 조가 된 동료가 믿을 수 없는 광경을 본 것처럼 부엉이 눈을 치켜뜨며 물었다.

「뭐, 조금 알지.」

「무슨 책이죠?」

「소설이야. 그건 그렇고 입을 다물었으면 좋겠군. 자네가 말을 하니까 불꽃이 흔들려서 글자가 자꾸 빗나가잖아.」

그의 말에 동료는 저만치 떨어져 앉았다. 그러나 그의 외면은 오래가지 못했다. 그는 미동도 없이 책에 파묻힌 노인을 바라보다 더 참지 못하고 슬그머니 입을 열었다.

「어떤 이야기죠?」

「사랑 얘기야.」

그 말에 귀가 솔깃해진 동료가 바짝 다가앉더니 이죽

거렸다.

「사랑은 무슨 놈의 사랑! 돈 많고 몸이 단 여자들 얘기겠죠, 안 그래요?」

순간, 노인이 책을 덮었다. 그 바람에 잠시 가스등의 불꽃이 흔들렸다.

「그런 얘기가 아니야. 이건 사랑 때문에 마음의 상처를 입은 사람들의 이야기일세. 알겠나?」

그러자 동료는 계면쩍은 듯이 어깨를 움츠리며 다시 옆으로 비껴 앉았다. 그리고 술을 꺼내 한 모금 들이켠 뒤에 담배에 불을 붙이고서 낫칼을 갈기 시작했다.

한동안 침을 뱉으며 칼날을 가는 소리와 책 읽는 소리가 불협화음을 일으키고 있었다. 그러나 노인은 손가락 끝으로 곧추선 날을 가늠하면서 연신 칼을 갈아 대는 동료의 빗나간 의도는 개의치 않고서 마치 기도문을 외듯 한 자씩 또박또박 읽어 나갔다.

「조금만 더 크게 읽으면 안 될까요?」

숫돌에 칼을 갈던 동료가 더 이상은 참을 수 없었는지 씨익 웃으며 채근했다.

「진심으로 하는 말이오? 정말 관심이 있소?」

「그렇다니까요. 언젠가 로하에 있는 극장에 간 적이 있었죠. 멕시코 영화였는데, 사랑하는 사람들이 나오더군요. 제기랄! 그런데 여기서 내가 울고 말았다는 얘기를 꼭 해야 하나요?」

「좋아. 그렇다면 처음부터 읽어 주지. 자네도 누가 좋은 사람이고 누가 나쁜 사람인지는 알아야 할 테니까.」

노인은 책장을 넘겼다. 그 부분은 이미 수십 번 반복해서 읽었던 터라 보지 않아도 줄줄 외어 나갈 수 있었다.

〈폴은 모험에 따라 나선 친구이자 공모자인 사공이 다른 곳을 보는 척하는 동안 그녀에게 뜨겁게 키스했다. 그사이 부드러운 방석이 깔린 곤돌라는 베네치아의 수로를 따라 유유히 미끄러지고 있었다……〉

새로운 음성이 끼어든 것은 그 순간이었다.

「에이, 영감님도. 조금 더 천천히 읽을 수 없어요?」

노인은 고개를 들었다. 이미 잠자리에 든 두 사람까지 그의 말에 귀를 기울이고 있었다.

「방금 읽은 글 중에서 알아듣지 못한 말이 있었거든요.」

천천히 읽으라던 동료가 덧붙였다.

「영감님은 무슨 말인지 다 알고 있나요?」

이번에는 또 다른 동료가 물었다.

그때서야 노인은 그들 역시 이해하지 못하는 낱말이 있다는 사실을 깨달았다. 노인은 그들과 함께 그 뜻을 이해하고자 천천히 이야기를 이끌기 시작했다.

먼저 곤돌라와 곤돌라를 움직이는 사공 그리고 뜨거운 키스라는 단어에 대해서는 거의 두 시간에 걸친 대화가 있고 난 뒤에야 대충이나마 그 뜻이 정리되었다. 물론 이야기 도중에 간간이 끼어든 동료들의 의견이 적잖은 도움을 준 것도 사실이었다. 그러나 그들의 대화는 소설 속에 나오는 도시와 그 도시의 사람들이 움직일 때 배가 필요한 이유가 무엇인가 하는 부분에서 더 나아가지 못하고 있었다.

그들은 담배를 태우거나 술을 마셔 가며 나름대로 열을 올렸다.

「생각보다 비가 많지 않을 수도 있어.」

「아니면 강둑이 터졌거나.」

「어쨌든 우리보다는 훨씬 더 물에 젖어 살 거야.」

「다들 생각해 봐. 술이나 한잔 걸치다가 오줌을 싸려고 밖으로 나갔어. 그러면 어떻게 되지? 이웃 사람들이 물고기처럼 고개를 쳐들고서 그 모습을 다 볼 게 아니냐고.」

읍장이 그들을 향해 거대한 체구를 돌린 것은 그 순간이었다. 그는 귀찮다는 듯한 표정을 지으며 입을 열었다.

「다들 알아 두었으면 해서 한마디만 하지. 베네치아는 이탈리아에 있는 도시인데, 그 도시는 늪지 위에 건설되었어. 이제 알겠나?」

「그래요? 그 말씀이 사실이라면 그곳에선 집들이 뗏목처럼 떠다니겠군요.」

누군가가 그 말을 받았다.

「그렇다면, 배가 왜 필요하지? 큰 배처럼 집을 타고 다니면 되잖아. 안 그래?」

이번에는 다른 사람이 자신의 의견을 피력했다.

「이러니까 다들 멍청이라고 할 수밖에!」

뚱보는 답답하다는 듯이 큰 소리로 책망한 뒤에 덧붙였다.

「집은 움직이지 않아. 고정되었단 말이야. 그곳에는 왕궁도 있고, 성당도 있고, 성도 있고, 다리도 있고, 사람들이 다니는 거리도 있어. 그리고 그 건물들은 다 돌에 시멘트를 발라 만들어졌지.」

「그걸 어떻게? 그곳에 가봤다는 말이오?」

노인이 진지한 표정을 지으며 물었다.

「가보진 않았지. 하지만 나는 배웠어. 그래서 읍장도 될 수 있었던 거야.」

뚱보가 애써 거드름을 피우며 그 말을 받았다.

그러나 뚱보의 설명은 그들의 생각을 더욱 복잡하게 만들고 있었다. 그중의 한 사람이 고개를 갸웃거리더니 사뭇 심각한 표정을 지으며 입을 열었다.

「읍장 각하, 제 생각에 그곳에는 물에 뜨는 돌이 있나 보군요. 물에 뜨는 아주 가벼운 돌 말입니다. 하지만 그 돌이 아무리 가볍더라도 그것으로 집을 지으면 물에 가라앉지 않을까요? 읍장 각하, 그 사람들은 집 밑에 커다란 판자를 댄 게 틀림없어요.」

「아, 이런 멍청이들 같으니라고! 됐어, 됐다고. 그러니 다들 맘대로 생각해! 빌어먹을 밀림에 살더니 하나같이 골통에 똥만 찬 거야. 아마 예수님이 나타나도 자네들만큼은 어떻게 해볼 수가 없을 거야.」

뚱보는 답답해서 더 이상 참을 수 없다는 듯 가슴을 두드리다가 갑자기 어떤 생각이 떠올랐는지 덧붙였다.

「그리고 이 기회를 통해 하는 말인데, 앞으로는 나에게 각하라고 부르지 마. 그 우라질 놈의 치과 의사가 그렇게 불렀다고 해서 이제 아예 입에 달고 살겠다. 그거야?」

「그렇다면 뭐라고 불러야 합니까? 판사에게는 존하, 신부에게는 전하라고 부르니까, 읍장님에게도 뭐라고 해야 하지 않을까요? 읍장 각하.」

뚱보는 다시 무슨 말을 꺼내려고 씩씩거렸지만 입술도 떼지 못하고 말았다. 그 순간 노인이 입을 다물라는 제스처를 보냈던 것이다. 일순 노인의 의도를 알아차린 그들은 제각기 무기를 움켜쥐고 가스등을 끈 다음 숨소리를 죽였다.

밖으로부터 어떤 물체가 날렵하게 움직이고 있었다. 땅에 발을 내딛는 소리였다. 그 소리는 미세하게나마 키가 낮은 관목과 수풀 사이를 헤치며 차츰 커지고 있었다. 그 소리가 날 때마다 빗소리도 끊겼다가 이어지고 있었다.

움직이는 물체가 분명했다. 이윽고 그 물체는 오두막 입구로 들어서서 주위를 배회하고 있었다.

「그놈인가?」

뚱보가 고양이 걸음으로 다가와 노인에게 물었다.

「그렇소. 드디어 우리 냄새를 맡은 거요. 이제부터는……」

그러나 결의에 찬 노인의 음성은 더 이상 이어지지 못했다. 갑자기 몸을 일으킨 읍장이 문 앞으로 다가가더니 밖을 향해 총구를 들이대며 방아쇠를 당겼다. 여섯 발이 순식간에 난사되었다.

잠시 후, 자리에서 일어난 사람들이 가스등을 켰다. 그들은 뚱보의 어이없는 돌출 행동에 할 말을 잊었는지 고개를 설레설레 저었다.

「총알이 빗나갔다면, 그건 다 네놈들 잘못이야.」

뚱보가 빈 탄창에 실탄을 장전하며 투덜거렸다.

「서라는 보초는 서지 않고, 그까짓 삼류 연애 소설을 펴놓고선 호모들처럼 떠들어 대는 바람에 정신이 산만해진 탓이라고. 알겠어?」

「읍장 각하, 그게 교육을 받았다는 사람이 할 말인가요?」

노인이 나섰다.

「불리한 상황으로 내몰리고 있는 쪽은 짐승이었소. 따

라서 우리는 그놈이 오두막 주위를 돌면서 사정권 내로
들어올 때까지 기다려야 했소. 두 번만 더 돌도록 내버
려 두었어도 이런 일은 없었을 거요.」

「입 다물어!」

뚱보는 주위 사람들을 돌아보며 덧붙였다.

「당신이 뭘 안다고 나불대는 거야. 혹시나 그놈이 내
총에 맞았는지 확인도 안 했잖아.」

「그렇게 궁금하면 지금이라도 당장 나가 보시죠. 하지
만 모기떼가 달려든다고 총질은 하지 마시오. 잠을 깨고
싶지 않으니까 말이오.」

날이 새자, 수색대는 지붕처럼 덮인 밀림 사이로 새
어 드는 새벽빛을 받으며 간밤의 흔적을 찾아 나섰다.
밤새 비가 내렸음에도 불구하고 수풀을 어지럽힌 짐승
의 발자국은 남아 있었지만 뚱보가 기대하던 핏자국은
발견되지 않았다. 깊은 숲이 시작되는 지점부터 발자국
이 보이지 않는 것을 확인한 그들은 다시 오두막으로
돌아왔다.

「아무래도 마음이 편치 않군.」

거친 맛이 도는 커피를 마시는 동안 뚱보가 짐짓 걱정
스런 말투로 내뱉었다.

「그 짐승이 엘 이딜리오로부터 반경 5킬로미터 이내
에서 활개를 치고 있으니, 무엇보다 주민들이 걱정이야.

도대체 살쾡이란 놈이 그 거리를 가려면 얼마나 걸리지?」

「우리보다야 훨씬 빠르겠죠.」

노인이 대답했다.

「발이 네 개라 웬만한 늪지는 훌쩍 뛰어넘는 놈이니까요. 게다가 그놈은 고무장화도 신지 않았소.」

하지만 어쩐 일인지 뚱보는 그 말에 대꾸하지 않고 고개를 끄덕였다.

사실 뚱보는 이미 수색대 앞에서 자신의 권위가 상실된 사실을 깨닫고 있었다. 노인 옆에 더 있어 봤자 조롱거리가 될 것이고, 나중에 돌아가더라도 비겁했느니 겁쟁이였느니 하는 소문에 시달릴 게 뻔했다. 그래서 뚱보는 고민 끝에 적당한 핑곗거리를 찾고 있었다. 더욱이 암살쾡이가 반경 5킬로미터 이내에 있다면, 수색대 역시 자신과 비슷한 마음일 거라는 생각이 들었다. 이윽고 뚱보가 입을 열었다.

「안토니오 호세 볼리바르, 이쯤에서 계약을 하는 게 어떨까?」

그러나 노인은 대답이 없었다. 뚱보는 자신의 제안에 미동도 없는 노인의 표정을 살피며 말을 이었다.

「당신은 이 밀림에 대해선 베테랑이야. 어쩌면 그 이상일 수도 있겠지. 영감도 이미 느꼈겠지만 우리와 함께 움직이면 귀찮기만 하잖아. 그러니 이번 일은 영감이 혼자 해치우는 게 어떨까. 물론 그놈을 잡으면 국가는 포상금으로 5천 수크레[3]를 지불하게 되어 있지. 그것도 즉석에서 현금으로 말이야. 그러니 당신은 여기 남아서 하고 싶은 대로 해보라고. 그동안 우리는 부락으로 돌아가서 주민들을 지킬 테니까. 내 말 알아들었나? 자그마치 5천 수크레라고.」

그러나 노인은 여전히 대답이 없었다.

누가 보아도 그들이 이 순간에 취해야 할 결정은 즉시 엘 이딜리오로 돌아가는 일이었다. 인간을 사냥하며 떠돌고 있는 암살쾡이는 머지않아 부락으로 향할 게 분명했기에 밀림보다는 마을에 덫을 치고 기다리는 방법이 훨씬 수월했다. 더욱이 가뜩이나 독이 오른 암살쾡이를 상대로 밀림에서 맞선다는 것은 그 자체가 자살 행위나 다름없었다. 그런데도 그 기회를 통해 뚱보는 노인의 신랄한 언행 때문에 거의 회복 불가능한 상태로 곤두박질치고 있는 자신의 권위를 되살릴 수 있는 방법을 제시한 것이다.

반면에 노인은 땀을 뻘뻘 흘리면서 머리를 쥐어짜고 있는 읍장의 의도에는 관심이 없었다. 멋쩍게 제시한 보상금 역시 관심 밖이었다. 노인이 머뭇거리며 대답을 하지 않은 것은 다른 이유였다.

3 *sucre*. 에콰도르 화폐 단위.

아까부터 무엇인가가 노인에게 그 짐승은 멀리 있지 않고 가까이 있다고 말하고 있었다. 어쩌면 지금 이 순간에도 어디선가에서 그 짐승이 그들을 지켜보고 있는지도 몰랐다. 생각이 거기까지 미치자 노인은 암살쾡이에게 당한 희생자들을 보았지만 그들에게 측은한 마음이 들지 않은 이유가 무엇인지 자문하기 시작했다. 어쩌면 그것은 수아르 족 인디오들과 함께 생활하는 동안 터득할 수 있었던 죽음에 대한 그들의 시각일 수도 있었다.

그들은 죽음을 죽음 자체의 행위라고 믿었다. 죽음은 참혹한 것이지만 피할 수 없는 것으로 받아들였다. 그들이 말하는 죽음은 이른바 〈눈에는 눈, 이에는 이〉라는 밀림 세계의 냉혹한 원칙에서 나온 죽음이었다. 그때서야 노인은 눈앞의 현실을 되짚어 볼 수 있었다.

먼저 싸움을 건 쪽은 인간이었다. 금발의 양키는 짐승의 어린 새끼들을 쏴 죽였고, 어쩌면 수놈까지 쏴 죽였는지도 몰랐다. 그러자 짐승은 복수에 나섰다. 하지만 암살쾡이의 복수는 본능이라고 보기에 지나치리만치 대담했다. 설사 그 분노가 극에 달했더라도 미란다나 플라센시오를 물어 죽인 경우만 봐도 인간의 거처까지 접근한다는 것은 무모한 자살 행위였다. 다시 생각이 거기까지 이르자 노인의 뇌리에는 어떤 결론이 스쳐가고 있었다.

맞아, 그 짐승은 스스로 죽음을 찾아 나섰던 거야.

그랬다. 짐승이 원하는 것은 죽음이었다. 그러나 그 죽음은 인간이 베푸는 선물이나 적선에 의한 죽음이 아닌, 인간과의 물러설 수 없는 한판 싸움을 벌인 뒤에 스스로 선택하는 그런 죽음이었다.

노인은 마음속으로 어떤 결정을 내리고 있었다. 그러기에 그사이에 반복되던 읍장의 제안, 다시 말해서 뚱보의 떳떳지 못한 제안에 대해서 노인이 결론처럼 내린 대답은 단 한 가지였다. 그것은 다른 사람들이 전혀 이해할 수 없는, 읍장 같은 인간들이 선택할 수 없는 싸움이자 죽음이었다.

「좋소.」

이윽고 노인이 입을 열었다.

「하지만 담배와 성냥과 실탄은 남겨 두고 가시오.」

바깥은 어느덧 어둠이 밀려들고 있었다.

일행이 떠난 뒤, 오두막으로 들어와 창문을 걸어 잠근 노인은 오후 내내 책을 읽었다. 그러나 어느 순간부터, 정확히 언제라고 꼬집어 말할 수 없는 순간부터 까닭을 알 수 없는 심란함이 그의 뇌리에 달라붙은 채 사라지지 않고 있었다.

오두막 위로 떨어지는 빗방울 소리를 들으며 한참 동안 어둠 속을 응시하던 노인은 가스등 밑에서 다시 소설의 첫 부분을 펼쳤다.

책은 첫 문장부터 눈에 들어오지 않았다. 머릿속에 기억해 둔 문장들을 외워 보았지만 역시 마찬가지였다. 그의 입술 사이에서 빠져나오는 뜻도 감정도 없는 낱말들은 머물러야 할 곳에 머물지 못한 채 사방으로 흩어지고 있었다.

이런, 내가 겁을 먹은 것인가.

노인은 두려움으로부터 자신을 숨기라는 수아르 족의 말을 떠올리며 가스등을 끈 뒤 가슴에 엽총을 얹은 채 배낭에 몸을 기댔다. 그리고 그를 붙잡고 있는 상념들이 마치 강바닥에 가라앉는 조약돌처럼 스스로 침잠할 수 있도록 어둠 속에 자신을 내맡겼다.

안토니오 호세 볼리바르, 도대체 무슨 일이야? 자네가 광기에 사로잡힌 짐승과 맞선 게 이번이 처음은 아니잖아. 그런데 왜 그렇게 들떠 있지? 짐승을 기다리다 지쳐 버렸나? 짐승이 지금 당장 문을 박차고 들어와서 결판을 내었으면 좋겠다고? 하지만 그건 말도 안 돼. 자네는 그 짐승이 낯선 곳을 무작정 덮칠 만큼 어리석지 않다는 사실을 누구보다 잘 알고 있어.

안토니오 호세 볼리바르, 그런데 그 암놈이 자네를 찾고 있을 거라고 단정 짓는 이유는 뭐지? 영악한 짐승이 노린 것은 자네가 아니라 자네의 일행이었는지도 모르지 않는가. 지금까지 보여 준 능력이라면 그놈은 한 사람씩 처치할 수도 있어. 그들이 엘 이딜리오에 도착하기 전에 말이지. 따라서 그것을 잘 아는 자네는 그들이 떠나기 전에 이렇게 경고해야 했어. 〈서로 떨어져서 걷지 마시오. 야숙은 반드시 강가에서 하되 졸지 않도록 주의하시오〉라고 말이야. 설사 그들이 조심하더라도 영악한 짐승은 그들을 덮쳐 목을 물어뜯은 뒤에 유유히 사라졌다가 그들이 공포에서 벗어나기 전에 다시 덮친다는 사실을 말이지.

안토니오 호세 볼리바르, 가만 보니 자네는 영악한 암살쾡이가 자네를 호적수로 간주하고 있다고 생각하는군? 하지만 이 친구야, 섣부른 자만은 금물일세. 더욱이 자네는 사냥꾼이 아니야. 그건 자네 스스로 그런 존재도 못 된다고 인정한 말이었잖아. 그 고양잇과 동물은 진짜 사냥꾼, 두려움 앞에서 자신의 음경이 발기될 수 있는 진정한 사냥꾼을 찾고 있어. 하지만 자네는 사냥꾼이 아니야. 엘 이딜리오 부락민들은 자네를 사냥꾼이라고 불렀지만 그들의 말을 들을 때마다 자네는 자신을 미치게 만들고 자신을 괴롭히는 두려움을 극복하기 위해 짐승들을 죽이는 존재가 사냥꾼이라고 대답하면서 그들이 불러 주는 칭호를 거부하지 않나. 기억하나?

여보게, 안토니오 호세 볼리바르, 자네는 수없이 봐왔지. 멋들어지게 무장한 사람들이 살기등등한 눈빛을 띤 채 밀림으로 들어가는 것을, 그리고 두어 주 정도 지나면 돌아오는 것을 말이야. 그때마다 그들은 하나같이 개미핥기, 수달, 꿀곰, 보아뱀, 도마뱀, 어린 살쾡이 가죽만 가져왔을 뿐 이 순간 자네가 기다리고 있는 암살쾡이 같은 진정한 맹수의 가죽은 벗겨 오지 못했어. 그들은 밀림에서 자신들을 노려보고 경멸하던 맹수의 존재 앞에서 내심 벌벌 떨었음에도 불구하고 자랑스럽게 가져온 노획물을 펼쳐 놓고 그 앞에서 거만한 모습을 취했지. 하지만 이제는 사냥꾼 행세를 하던 이들조차도 차츰 사라져 가고 있어. 그것은 짐승들이 살기 힘든 밀림을 떠나 동쪽으로 멀리, 산맥을 넘어 아주 멀리 떠난 탓이지. 자네는 브라질 땅에서 목격되었다는 왕뱀을 보았을 거야. 자네는 여기서 그다지 멀리 떨어지지 않는 곳에서 그놈을 보았고, 그놈을 잡았어. 한 번도 아니고 두 번이나 말이야.

안토니오 호세 볼리바르, 자네가 처음에 그 왕뱀을 잡은 것은 정당방위, 아니 정당한 복수 행위였지. 하긴 정당방위라고 하든 정당한 복수 행위라고 하든 똑같은 말이지만. 어쨌든 그 거대한 파충류는 강물에서 먹을 감던 어느 이주민의 아들을 집어삼켜서 마치 흐물흐물한 가죽처럼 만들어 놓았어. 자네가 그토록 아끼던 채 열두 살이 안 된 소년을 말이야. 그래서 자네는 카누를 타고 그놈을 쫓아갔지. 그리고 강가에서 따스한 햇살 아래 일광욕을 즐기고 있던 그놈을 발견하자 죽은 수달을 미끼

로 풀어 놓고 한참을 기다렸어. 생각하면 그때만 해도
젊고 민첩했던 자네는 물의 여신인 왕뱀의 먹잇감이 되
지 않기 위해선 과감한 용기만이 전부라는 것을 잘 알고
있었지. 안토니오 호세 볼리바르, 정말 멋진 공격이었다
는 생각이 들지 않아? 낫칼을 들고 왕뱀에게 달려든 자
네는 그 거대한 몸뚱어리를 일격에 요절내지 않았는가.
그리고 그놈의 대가리가 모래펄에 떨어지기 전에 재빨
리 덤불 속으로 몸을 피했지. 증오에 몸부림치는 거대한
몸뚱어리에 맞으면 사지가 으스러진다는 것을 익히 알
고 있었거든. 둥그런 흑점에 올리브유처럼 번드르르한
황갈색 껍질, 몸길이만 해도 무려 10미터, 아니 12미터
나 나가는 그 파충류는 죽은 후에도 한동안 증오의 몸부
림을 멈추지 않았지. 하지만 어디 그것뿐이었나? 자네
는 또 한 마리의 왕뱀을 만났어.

그것은 자네를 구해 준 수아르 족 주술사에게 감사의
대가로 바친 놈이었지. 그놈은 두 번째로 잡은 왕뱀이었
지만 첫 번째와 달리 원한은 없었어. 그날도 자네는 미
끼를 강가에 있는 나무에 걸어 놓은 채 그놈이 강가에서
나올 때까지 참고 기다렸지. 물론 입으로 부는 화살집
속에는 거미줄을 칭칭 감은 촉과 그 위에 맹독을 묻힌
조그만 화살이 들어 있었는데, 대가리 아래 부위에 독침
을 맞은 파충류는 거대한 몸뚱이를 4분의 3정도쯤 세우
고서 황색 눈으로 나무 위에 올라가 있는 자네를 찾았지

만 뜻대로 움직이지 못했어. 온몸에 독이 퍼져 동공이 일직선 모양으로 풀려 버린 뒤였거든. 어쨌든 그날 수아르 족 인디오는 자네에게 껍질 벗기는 의식을 치러 주었지. 그때 쭉 뻗은 짐승의 길이가 열다섯 걸음인가, 스무 걸음인가 아마 그랬을 거야. 얼마나 컸으면 낫칼로 배를 가르자 연한 장밋빛 살덩이가 모래펄 위로 한참이나 쏟아졌을까. 그런데 벗긴 가죽을 옮기는 도중에 수아르 족 인디오들이 자네는 그들 종족은 아니지만 밀림의 출신이라고 했던 말, 기억하나?

안토니오 호세 볼리바르, 자네는 살쾡이들과의 만남도 낯설지 않아. 자네는 상대가 살쾡이든 다른 맹수든 새끼는 죽이지 않았어. 오로지 성장한 짐승들만 잡는 것, 그것은 수아르 족 인디오의 계율이자 교훈이기도 했으니까. 자네는 살쾡이가 영악한 짐승이란 사실을 잘 알거야. 그 짐승은 표범만큼 힘이 세지는 않지만 깊이를 헤아리기 힘든 지혜를 소유하고 있다는 사실을 말이지. 그러기에 수아르 족 인디오들은 이렇게 말하지 않았나. 〈살쾡이가 지나치리만치 많은 흔적을 남겼다면, 상대가 방심하게끔 잔꾀를 부린 것으로 생각하게. 이미 상대의 목덜미를 겨누고 있다는 뜻이거든.〉 어때, 정확한 말이지? 안 그래? 게다가 자네는 두 눈으로 그것을 확인하지 않았나. 물론 흔치 않은 그 일은 몸집이 거대한 살쾡이가 암소와 암노새를 습격하는 통에 불안에 떨고 있던 주민들의 부탁이었지. 그래서 자네는 그 짐승을 찾아 길을 떠났어. 그러나 무척 어려운 일이었지. 기억하나? 영리한 그놈은 생각보다 쉽게 길을 열어 두었고, 자네는 콘도르 산맥의 자락까지 따라갔지. 하지만 그곳은 풀이 낮게 자라서 그놈이 엎드려 있기에는 이상적인 매복처였어. 그런데도 자네는 그곳에 발을 들여놓을 때까지 그것이 그놈의 계략이었다는 것은 생각지도 못한 거야. 한발 늦게 그 사실을 깨달은 자네는 숲이 빽빽한 밀림 쪽으로 되돌아가고자 했지. 그러나 그놈은 퇴로를 막은 채 자네 앞에 버티고 있었어. 미처 손에 든 엽총을 정확하게 겨눌 만한 여유조차 허락하지 않고서 말이지. 그랬으니 방아쇠를 두세 번 연거푸 당겼지만 맞을 리가 있었겠나? 자네도 이내 깨달았지만 모든 것은 영악한 놈이 결정적인 순간을 기다리며 만들어 놓은 계략이었던 거야. 게다가 그놈은 자네가 실탄이 충분하지 않다는 사실까지 훤히 꿰뚫고 있었어. 아무튼 그놈 덕분에 싸움만큼은 대단했지. 안토니오 호세 볼리바르, 자네는 기다렸어. 나름대로 생각이 있었거든. 그렇지? 그래서 그 순간부터 자네는 잠을 쫓기 위해 뺨을 때린 것 외에는 고개 한번 돌리지 않고서 무려 사흘을 참고 기다렸지. 그쯤이면 상대가 공격해도 되겠다는 마음을 갖도록 말이야. 지금 생각해도 총을 겨눈 채 땅바닥에 엎드려서 그놈을 기다린 것은 기막힌 전술이었지. 안 그래?

안토니오 호세 볼리바르, 그런데, 그런데 말이지. 이제 와서 무엇 때문에 그런 기억들을 떠올리고 있는 거지? 오로지 암살쾡이를 잡겠다는 생각 때문에? 아니면 서로가 서로를 잘 아는 상대라고 생각하기 때문에? 아마 자네가 그 짐승에 대해 알고 있는 것만큼이나 이미 여러 명의 인간을 사냥한 그놈 역시 인간에 대해서 잘 알고 있겠지. 안 그래? 어쩌면 자네가 그 짐승보다는 모든 면에서 훨씬 부족할지도 모르지. 자네는 수아르 족이 필요한 경우를 제외하고 살쾡이를 사냥하지 않는다는 사실을 잘 알고 있어. 고기는 식용으로 적당치 않고, 한 마리만 잡아도 대대로 물려줄 만한 장식품들을 수백 개나 만들 수 있으니까. 그러기에 수아르 족에게 이거 하나 갖고 싶냐고 물으면, 그들은 손을 내저으며 자네 친구인 누시뇨에게나 물어보라고 하지 않던가.

어때, 지금이라도 다시 물어보지 그래. 〈친구, 나와 함께 살쾡이를 뒤쫓지 않겠나?〉 하고 말이야. 그렇지만 누시뇨는 당연히 거부하겠지. 자네에게 그의 말이 정말이라는 것을 알아 달라는 뜻으로 침을 퉤퉤 내뱉으면서 거절하겠지. 왜? 그건 그의 일이 아니니까. 왜? 자네는 엽총을 휴대한 백인 사냥꾼이니까. 왜? 백인들은 짐승의 주검을 영원한 고통에 휩싸이도록 짓이겨 놓으니까. 그러면서 자네 친구 누시뇨는 수아르 족이 죽이기 위해 찾는 짐승은 살쾡이가 아니라 게으른 나무늘보라고 말하

151

겠지. 어떤가, 이번에도 그 이유를 물어보지 그래. 〈친구, 나무늘보는 나무에 매달려 잠만 잔다는데, 그게 사실인가?〉 그러면 자네 친구 누시뇨는 대답하기 전에 방귀부터 크게 뀌겠지. 혹시라도 나무늘보가 엿듣지 못하도록 말이야. 그런 후에 멋지게 이빨을 까겠지. 〈옛날에 수아르 족 부락에 성질이 더럽고 잔인하기로 소문난 족장이 살았다네. 그런데 툭하면 착한 동족을 죽이는 바람에 부락의 원로들이 모여 의논을 했고, 결국은 족장을 죽이기로 결정한 거야. 하지만 그 성질 고약한 족장 트냐우피는 그를 가둘 우리를 보자마자 줄행랑을 놓았어. 그리고 꼬리긴원숭이들과 비슷하게 생긴 나무늘보로 변장해서 그 틈으로 숨어 버렸다네. 무슨 말인지 알겠나? 수아르 족이 나무늘보를 찾아다니며 보는 대로 죽이는 것은 그 까닭일세〉라고. 그 말이 끝나면 누시뇨는 다시 침을 퉤퉤 내뱉은 뒤에 마지막으로 〈아무튼 그랬다고들 하더군〉이라는 말을 남긴 채 휑하니 떠나겠지. 자네도 알다시피 본래 수아르 족은 일단 이야기를 끝내면 상대가 방금 들었던 말에 대해 왈가왈부할까 봐서 재빨리 그 자리를 피하지 않던가.

어이, 안토니오 호세 볼리바르, 그런데 도대체 그런 생각들은 어디서 기어 나왔지? 대답해 보라고, 이 늙은이야. 그런 생각들은 어느 나무 밑에 숨어 있다가 찾아온 거지? 그건 자네의 두려움이었나? 그래서 겁을 잔뜩 집어먹은 나머지 몸 하나도 제대로 숨기지 못하게 되어 버렸나? 어이, 늙은이. 만일 그게 사실이라면 그 두려움이란 놈은 자네를 찾아내고 말 거야. 마치 자네가 사탕수수대 사이로 스며드는 새벽의 여명을 볼 수 있듯이 말이야.

새벽이 열리고 있었다.

안토니오 호세 볼리바르 프로아뇨는 거친 맛이 감도는 커피를 여러 잔 마신 뒤에 본격적인 사냥 채비를 시작했다.

그는 액체 상태로 녹인 양초에 탄약통을 담가 물속에 빠져도 젖지 않을 만큼 골고루 피막을 입혔다. 아울러 비가 오더라도 상대를 똑바로 쳐다볼 수 있도록 나머지 액체를 이마 부위 ── 특히 눈썹 바로 윗부분 ── 에 튀어나온 모자의 챙처럼 바르는 것도 빠트리지 않았다.

마지막으로 낫칼의 날을 세밀하게 확인한 노인은 밀림으로 들어갔다.

먼저 그는 전날 발견했던 흔적을 따라가면서 오두막을 중심으로 동쪽을 향해 대략 2백 걸음 정도의 반경을 샅샅이 뒤지기 시작했다. 이어 그 끝 지점에서 다시 남서쪽으로 반원을 그리는 형태로 천천히 나아갔다.

그사이 그는 여러 곳에서 진흙 속에 찍힌 발자국과 함께 관목들과 풀이 짓이겨진 흔적을 확인했다. 그것은 암살쾡이가 오두막을 향해 걸어가는 동안 여러 곳에 남긴 흔적들이었다. 그러나 일정한 간격을 두고 똑같은 흔적을 남긴 짐승의 자취는 비탈진 숲에 이르자 사라지고 말았다.

노인은 이전의 흔적을 무시한 채 추적에 나섰다. 그때부터 그가 믿을 수 있는 것은 오로지 자신의 경험과 직감이었다.

그가 다시 암살쾡이의 흔적을 발견한 곳은 야생 바나나무 밑을 지나던 참이었다. 어른 주먹만 한 크기의 선명한 발자국과 주변의 미세한 흔적들은 짐승이 그곳에 머물러 있었다는 사실을 뒷받침하고 있었다.

역시 그놈이었어.

노인은 마음속으로 중얼거리며 그 주위를 면밀히 살피기 시작했고, 이내 그곳에 남겨진 흔적을 통해서 한 가지 중요한 단서를 찾아낼 수 있었다. 발자국이 어지럽게 흐트러지고 나뭇가지가 부러진 것은 희생자들이 가까이 있음을 확인한 짐승이 흥분한 상태에서 미친 듯이 꼬리를 흔들어 댔다는 것을 의미하고 있었다. 노인은 며칠 동안 아무것도 먹지 못해 살이 빠지고 온몸의 근육이 극도로 긴장된 암살쾡이가 어둠을 응시하며 정신없이 꼬리를 흔들어 대는 장면을 떠올리며 큰 소리로 외쳤다.

「이것으로 나는 네놈을 알게 된 거야. 기다려, 이제 남은 것은 네놈을 찾는 일뿐이니까!」

그곳을 떠나 차츰 행동반경을 넓혀 나가던 노인은 나지막한 언덕으로 올라갔다. 비가 내리는 가운데 오두막으로부터 걸어오던 길이 훤하게 드러나는 곳이었다. 지금까지 왔던 길이 나무가 높고 숲이 울창해서 몸을 보호하기에 적합했다면 반대쪽은 낮은 관목들이 빽빽하게 들어차 있어 바닥에 엎드려 있던 짐승이 갑작스럽게 달려들 수도 있는 곳이었다. 노인은 거기서부터 그다지 멀리 떨어져 있지 않는 서쪽의 야쿠암비 강을 향해 방향을 잡았다.

정오가 가까워지면서 서서히 비가 멈추었다.

고개를 들어 숲 사이로 드러나는 하늘을 쳐다보던 노인은 갑작스런 날씨의 변덕을 걱정했다. 그는 비가 그치면 수분이 증발하고, 그로 인해 밀림이 짙은 안개에 휩싸이면서 한 치 앞도 분간하기 힘든 상태가 되리라는 사실을 잘 알고 있었다.

이윽고 수백만 개의 햇살이 밀림의 지붕을 뚫으며 밀림 위에 내리꽂히며 수많은 무지개가 그의 눈앞에서 떠오르다 사라졌다. 노인은 은빛 송곳 같은 햇살에 따끔거리는 두 눈을 연신 비비면서 걸음을 내딛고 있었다. 달리 방법이 없었다. 수분이 증발하기 전에 밀림을 빠져나가는 것이 상책이었다.

노인이 암살쾡이를 본 것은 바로 그 순간, 그러니까 이제 막 밀림을 벗어나기 직전이었다. 어디선가 물 튀기는 소리가 들리자 발걸음을 멈춘 노인은 소리 나는 쪽을 향해 재빨리 고개를 돌렸다. 순간 그의 시야에 움직이는 물체가 들어왔다. 대략 50미터 떨어진 곳에서 남쪽으로 움직이고 있는 그 물체는 그가 찾아 나선 짐승이었다. 이른 새벽에 길을 떠난, 아니 엘 이딜리오를 뒤로한 노인이 처음으로 암살쾡이의 실체를 확인하는 순간이었다.

바로 저놈이었던 거야.

암살쾡이는 주둥이를 벌리고 꼬리로 허리를 때리면서 천천히 걸어가고 있었다. 머리에서 꼬리까지 족히 2미터는 될 듯한 몸길이에 덩치만 해도 양을 지키는 사냥개보다 훨씬 커 보였다. 그놈의 모습은 숲 속에서 사라졌다가 나타나길 반복하고 있었다. 남쪽으로 가는가 하면 북쪽에서 나타나고, 북쪽으로 가는가 하면 남쪽에서 다시 나타나는 식이었다.

「난 네놈의 의도를 알고 있어.」

노인은 다시 북쪽으로 움직이는 짐승을 바라보며 혼잣말로 중얼거렸다.

「만일 네놈이 나를 이곳에 묶어 두고 싶다면 그렇게 해주지. 하지만 수증기가 올라오면 앞이 보이지 않기는 서로가 마찬가지란 것쯤은 네놈도 알아야 할걸.」

노인은 나무에 등을 기대자마자 그 짐승의 움직임에
서 시선을 떼지 않은 채 담배를 꺼냈다. 비가 그치면서
달려들기 시작한 모기떼는 그가 움직임을 멈추자 더욱
더 극성을 부렸고, 노출된 피부에 침을 꽂는 것도 부족
해서 콧구멍이나 귓구멍 혹은 머리칼 사이로 파고들며
물어뜯고 있었던 것이다. 그는 잘근잘근 씹은 담뱃잎을
노출된 살갗과 머리에 골고루 발랐다.

수증기가 피어오르며 한 치 앞을 보기 힘들었던 시야
가 다시 비가 내리면서 빠르게 확보되고 있었다. 그사이
남쪽과 북쪽으로 궤적을 그리던 짐승의 움직임 또한 다
시 빨라지기 시작했다.

「여길 봐!」

노인은 적당한 거리를 유지한 채 나타났다 사라지는
짐승을 보고 혼잣말로 중얼거렸다.

「네가 아무리 영악한 짐승이라고 하지만 참고 기다리
는 것만큼은 나 안토니오 호세 볼리바르가 네놈보다는
한 수 위지. 그래서 나는 지금 네놈이 영리해서 그런 건
지, 아니면 체념을 해서 그런 건지 지켜보고 있어. 보아
하니 네놈은 공격할 마음이 없나 본데, 그 이유가 뭐지?
나를 유인하려면 동쪽으로 가야 할 텐데, 왜 가지 않는
거야? 네놈은 종일 북쪽에서 남쪽으로 왔다 갔다 하는
동안 서쪽으로 돌고 있어. 물론 난 그 이유를 알고 있지.
네놈은 내가 강이 있는 쪽으로 나가는 게 두려운 거야.

맞지? 그래서 네놈은 나를 밀림이 있는 동쪽으로 되돌아가도록 만들고 있어. 하지만 이 친구야, 나는 자네가 생각하는 것처럼 그렇게 어리석은 인간이 아니라서 어쩌지? 게다가 자네는 내가 생각하는 것만큼 영리하지 못하구먼.」

그러나 생각과는 달리 암살쾡이의 움직임에는 변화가 없었다. 그사이 그 짐승의 가슴에 총알을 박아 줄 기회가 없었던 것도 아니지만 단 한 발에 심장을 꿰뚫지 못하면 오히려 역습을 당하게 된다는 사실이 그를 주저하게 만들고 있었다.

노인이 자신의 생각이 잘못되었다는 사실을 깨달은 것은 저녁이 가까워질 무렵이었다. 영악한 짐승은 그를 밀림이 있는 동쪽으로 밀어내고자 한 것이 아니라 그곳에서 공격을 하기 위해 날이 어두워지길 기다리고 있었던 것이다. 생각이 거기까지 미치자 노인은 더 늦기 전에 그곳을 빠져나가야 한다고 판단했다. 어둠이 깃들기까지는 채 한 시간도 남아 있지 않았지만 그곳의 지형에 눈이 밝은 게 다소 위안이 되었다.

노인은 짐승이 이제 막 남쪽으로 방향을 돌리자마자 있는 힘을 다해 강이 있는 곳을 향해 내달렸다. 짐승이 다시 원 위치로 돌아오기 전에, 인간이 탈출했다는 사실을 알기 전에 강가에 닿으면 일단은 성공인 셈이었다.

그는 강에서 멀지 않는 곳에 노다지꾼들이 버리고 간 야영지가 있다는 사실을 알고 있었던 것이다. 노인은 오래전에 방치된 개간지가 나오자 잠시 걸음을 멈추고 주위를 살폈다. 아직은 낌새를 눈치 채지 못했는지 짐승의 모습은 보이지 않았다. 그때부터 노인은 엽총을 가슴에 갖다 붙이고 다시 신속하게 그곳을 통과하기 시작했다.

이윽고 물이 불어나는 소리가 들려왔다. 멀지 않은 곳에 강물이 흐르고 있었던 것이다. 그러나 양치류 식물들로 뒤덮인 강가까지 불과 10여 미터를 앞둔 지점에 이르렀을 때 갑자기 한 물체가 나타났다. 암살쾡이였다. 그놈은 인간이 도망치는 것을 목격하자 소리 없이 뒤를 따르다 강가로 나가는 길목을 지키고 있었던 것이다. 노인은 허공을 가르는 짐승의 앞발을 간신히 피하며 뒤로 굴러 떨어졌다. 미처 예상치 못한 급습이었다.

현기증을 느끼며 급히 몸을 일으킨 노인은 낫칼을 두 손으로 움켜쥔 채 결정적인 순간을 기다리며 고개를 들었다. 언덕 위에는 암살쾡이가 꼬리를 꼿꼿이 세운 채 그를 내려다보고 있었다. 노인은 마치 밀림의 미세한 소리까지 놓치지 않으려는 듯이 작은 귀를 움직이는 짐승을 향해 소리쳤다.

「왜 주저하고 있지? 도대체 네놈이 바라는 게 뭐야?」

노인은 풀밭에 떨어진 엽총을 재빨리 집어 들며 손가락을 방아쇠에 갖다 댔다. 그 정도 거리면 실패할 확률은 전혀 없었다.

그러나 암살쾡이는 자리를 뜨지 않았다. 그럴 생각조차 없는 것 같았다. 일순 그 짐승은 앞발을 들어 올리며 슬프고 지친 신음 소리를 내기 시작했다. 동시에 또 다른 짐승의 울음소리가 들려왔다. 이번에는 수컷의 울음소리였다. 아주 가까운 곳에서 나는 소리였다.

수컷은 암컷보다 몸집이 작았다. 그 짐승은 커다란 구멍이 뚫려 있는 통나무를 보호처로 삼아 마지막 순간을 맞이하고 있었다. 뼈에 달라붙은 등가죽과 가죽 밖으로 드러난 살점을 보고 있는 사실 자체가 가슴 아픈 일이었다.

「네놈이 원하는 게 이거였단 말이지? 나에게 끝장을 내달라고?」

그러나 암컷은 어느 틈에 사라졌는지 보이지 않았다.

노인은 상처 입은 수컷에게 다가가 머리를 쓰다듬어 주었다. 수컷은 눈꺼풀조차 들어 올릴 힘도 없는지 인간의 손길에 자신을 내맡기고 있었다. 고통스런 짐승의 최후를 반기는 것은 늘 그렇듯 흰개미들이었다. 노인은 수컷의 가슴팍을 향해 총구를 겨누었다. 그리고 방아쇠를 당기며 중얼거렸다.

「친구, 미안하군. 그 빌어먹을 양키 놈이 우리 모두의 삶을 망쳐 놓고 만 거야.」

끝내 암컷의 모습은 보이지 않았다. 노인은 어딘가에

서 그 광경을 지켜보며 통한의 눈물을 흘리고 있을 암컷
의 모습을 떠올렸다.

이윽고 엽총을 재장전한 노인은 강가의 야영지 쪽으
로 걸음을 떼었다. 그는 수백 걸음 떨어진 곳에 이르렀
을 때 수컷에게 다가가고 있는 암컷의 모습을 볼 수 있
었다.

노다지꾼들이 버리고 간 야영지에 도착했을 때는 이
미 어둠이 깃들고 있었다.

그러나 노인이 찾던 야영지의 오두막은 폭우에 휩쓸
려 갔는지 흔적조차 없었다. 노인은 주위를 돌아보았다.
다행히 강변으로 떠내려 온 카누 한 척이 눈에 들어왔
다. 그 길이가 9미터나 되는 카누는 여기저기 부딪치고
긁힌 채 거꾸로 뒤집혀 있었지만 몸을 피하는 데는 더
이상 좋을 수 없는 곳이었다. 게다가 노인은 그 근처에
서 바나나가 가득 들어 있는 배낭 하나를 손에 넣을 수
있었다.

카누 속으로 기어들어간 노인은 다리를 쭉 펴며 엽총
과 낫칼을 바닥에 내려놓았다. 뒤집힌 카누 밑의 땅바닥
은 자갈이 깔려 있어 비에 젖지 않은 데다 돌아누울 수
있을 만큼 충분히 넓고 깊었다. 그는 카누에 몸을 비스
듬히 기댄 채 바나나로 허기를 채우고 담배를 꺼내 불을
붙였다. 피곤함이 밀려오는 가운데 길게 내뿜는 담배

맛이 그렇게 좋을 수가 없었다.

「안토니오 호세 볼리바르, 오늘 자네는 억세게 운이 좋았다네. 언덕으로 굴러 떨어졌지만 뼈마디 하나 부러지지 않았으니 말이지. 다행히도 양치류 식물들이 적당한 그물그네 역할을 한 거야. 게다가 이렇게 안락한 잠자리까지 얻었으니 자네는 정말 복도 많은 인간일세.」

노인은 그렇게 중얼거렸지만 어느새 깊은 잠에 빠져들어가고 있었다. 어느덧 그는 기이한 꿈을 꾸었다.

누군가가 강가에 앉아 있었다. 보아뱀의 현란한 색깔로 온몸이 치장된 그 사람은 다름 아닌 그 자신이었다. 그는 강가에 앉은 채 차츰차츰 밀려오는 환각의 세계를 받아들이고 있었다.

무엇인가가 그의 눈앞에 펼쳐진 허공과 숲 사이에서 움직이고 있었다. 깊은 강물 속과 고요한 수면 위로 왔다 갔다 하고 있었다. 그것은 모든 형태이자 동시에 모든 형태가 합쳐진 듯한 그 어떤 것이었다. 그리고 그것은 환각 상태에 있는 그의 시선이 어느 한 곳에 정지할 수 없을 만큼 쉴 새 없이 뒤바뀌고 있었다. 그것은 잉꼬로 보이는가 싶더니 갑자기 입을 쫙 벌린 채 허공으로 솟아오르면서 달을 삼키는 금강앵무새메기로 바뀌었고, 금강앵무새메기로 보이는가 싶더니 갑자기 물 위로 떨어지면서 인간을 향해 사납게 달려드는 수염수리매로 바뀌고 있었다. 그것은 딱히 뭐라고 규정할 수 없는 것이었지만 어떤 것으로 변하든 두 눈동자만큼은 노란빛을 띠며 반짝이고 있었다. 그때 모습을 드러낸 수아르 족 주술사가 기력이 떨어진 그의 몸에 차가운 재를 바르며 입을 열었다.

「죽음 자체가 자네를 놀래려고 모습을 바꾸는 것이라네. 하지만 저렇게 바뀌는 건 자네가 아직은 떠날 때가 되지 않았기 때문이지. 그러니 놓치지 말고 잡아야 해.」

일순 노란빛을 띤 두 눈동자가 움직이기 시작했다. 그리고 사방으로 흩어지던 노란빛을 띤 두 눈동자가 차츰 멀어지며 긴 초록색 지평선으로 빨려 들어가자, 어디선가 다시 나타난 새들이 안락함과 충만함이 깃든 메시지를 전하며 허공을 날아다녔다. 하지만 그 순간도 잠시, 노란빛을 띤 두 눈동자가 먹구름 밑에서 다시 나타나는가 싶더니 이글이글 타오르는 비가 되어 온갖 나뭇가지와 칡넝쿨로 뒤얽힌 밀림 위에 떨어졌고, 동시에 밀림을 활활 타오르는 불바다로 만들고 있었다. 그는 노란 혀를 날름거리는 화마를 보는 순간 두려움과 공포에 떨었다. 악을 쓰고 싶었다. 하지만 설치류들이 그의 혀를 물어뜯었다. 도망치고 싶었다. 하지만 이번에는 날아다니는 실뱀들이 그의 다리를 휘감았다. 그는 자신의 오두막으로 가고 싶었다. 벽에 걸린 그림 속으로 들어가 돌로레스 엔카르나시온 델 산티시모 사크라멘토 에스투피냔 오타발로 곁에 머물고 싶었다. 화마에 휩싸인 그곳을 벗어나

고 싶었다. 그렇지만 그가 가는 곳마다 나타난 노란빛을
띤 두 눈동자가 길을 막았다. 노란빛을 띤 두 눈동자는
그가 누워 있는 카누를 향해 다가오고 있었다. 카누가
흔들리고 있다는 느낌이 든 것은 그 순간이었다. 아니
실제로 흔들리고 있었다. 순간 노인은 숨을 죽였다.

대체 무슨 일이 일어난 거야.

아니었다. 그것은 꿈이 아니었다. 꿈이 아니라 현실이
었다. 뒤집힌 카누의 바닥 위로 암살쾡이가 돌아다니고
있었다. 그놈은 조바심이 난 채 후미와 선두를 왔다 갔
다 하는 동안, 미끈미끈한 바닥 위에서 몸의 균형을 잃
지 않으려고 발톱에 힘을 준 채 거친 숨을 토해 내고 있
었다.

노인은 바깥을 향해 귀를 기울였다. 세상에 존재하는
것은 강물이 흐르는 소리, 빗방울이 떨어지는 소리 그리
고 살아 있는 동물의 발자국 소리뿐이었다. 카누 안의
어둠 속에서 노인은 그 짐승의 행동이 의도하는 게 과연
무엇인지 캐묻기 시작했다. 그동안 그놈이 보여 준 영악
함으로 미뤄 볼 때, 그놈은 인간에게 카누 밖으로 나와
서 당당하게 겨루자고 할 수도 있는 짐승이었다. 어쩌면
그놈은 수아르 족 인디오들이 한 말처럼 인간의 마음을
읽고 있는지도 몰랐다.

「살쾡이란 놈은 대부분의 사람들이 자신도 모르게 흘
리는 죽음의 냄새까지 맡을 수 있다네.」

일순 짐승의 발소리가 그쳤다. 그러나 이번에는 악취와 함께 빗방울로 여겨지는 액체가 카누의 이음새 틈으로 흘러 들어왔다. 그때서야 노인은 그 액체가 흥분된 상태에서 갈긴 짐승의 오줌이라는 것과 그것이 자신의 상대에게 보내는 짐승의 메시지라는 것을 간파할 수 있었다. 그놈은 상대인 인간이 싸우기도 전에 이미 죽은 존재나 다름없음을 시위하고 있었던 것이다.

좋아, 네놈이 그렇게 나온다면 나도 생각이 있지.

노인은 뒤집힌 카누 안에서 때를 기다렸다. 그는 끈질기게 기다리는 수밖에 없다고 생각하고 있었다.

어느덧 길고 숨막히는 밤이 지나고 새벽이 열렸지만 뒤집힌 카누의 바닥을 사이에 두고 대치된 인간과 짐승의 싸움은 여전히 계속되고 있었다.

노인은 카누 바닥의 이음새 사이로 미미한 빛이 들어오기 시작하자 엽총을 어루만지며 바깥 동정에 귀를 기울였다. 시간이 흐를수록 카누 바닥 위의 짐승은 초조한 나머지 신경질적인 걸음을 떼고 있었다.

기다린다는 것, 그것만큼은 네놈에게 질 수 없지.

다시 시간이 흘렀다.

노인은 카누 바닥 틈새로 들어오는 빛의 세기를 보며 정오가 가까워지고 있음을 감지할 수 있었다.

그래, 끝까지 가보자고. 네놈은 아직도 나에 대해 잘 모르고 있어.

그러나 일은 노인의 생각과 달리 엉뚱한 쪽으로 전개되고 있었다. 암살쾡이가 무슨 생각이 들었는지 카누에서 뛰어내렸던 것이다. 노인은 재빨리 카누에 바짝 다가앉아 바깥에서 들리는 소리에 귀를 기울였다. 땅바닥을 긁는 소리가 난 것은 바로 그때였다. 카누의 측면 쪽이었다.

마침내 결투를 받아 주지 않는 인간을 찾아 나섰다? 그렇다면 할 수 없지.

노인은 등으로 기어 짐승이 자갈밭을 파고 있는 측면의 반대쪽으로 이동했다. 맞은편으로 이제 막 짐승의 발톱이 드러나고 있었다. 노인은 고개를 들어 가까스로 개머리판을 가슴에 갖다 대자마자 그 자세에서 방아쇠를 당겼다. 그는 짐승의 발에서 튀는 피를 본 것과 동시에 자신의 오른발에서 전해 오는 격렬한 통증을 느꼈다. 짐승의 앞발을 향해 발사된 총탄이 빗나가면서 그중 한 발이 자신의 발등을 스쳤던 것이다.

이런, 비긴 거나 다름없잖아.

카누로부터 짐승의 발소리가 멀어지고 있었다. 그때서야 노인은 낫칼로 카누 바닥의 틈새를 긁어낸 뒤에 바깥을 내다보았다. 암살쾡이는 카누로부터 백 미터쯤 떨어진 곳에서 총에 맞은 부위를 핥고 있었다.

노인은 총을 재장전하고 단번에 카누를 뒤집었다. 상체를 일으키자 지독한 통증이 다리를 타고 올라왔다. 그 바람에 상대가 공격하는 것으로 생각한 짐승은 바닥에 몸을 바싹 갖다 붙였다.

「뭣하고 있어. 덤비라고. 그래서 단번에 이 빌어먹을 게임을 끝장내야 할 게 아냐!」

노인은 자신도 모르게 악을 쓰며 — 그게 스페인어였는지, 아니면 수아르 족 언어였는지 자각을 하지 못했다 — 앞으로 나아갔다. 부상당한 짐승 역시 그 순간을 기다리고 있었다는 듯이 몸을 일으켰고, 노인을 향해 달려오기 시작했다.

노인은 한쪽 무릎을 꿇었다. 마치 거대한 화살처럼 강변을 달려오던 암살쾡이는 불과 네댓 걸음을 남긴 지점에서 발톱과 이빨을 드러내며 허공으로 솟구쳐 올랐다. 어떤 알 수 없는 힘에 이끌려 차분하게 그 순간을 기다리던 노인은 짐승의 도약이 정점에 이르자 방아쇠를 당겼다. 일순 허공에서 도약을 정지한 듯한 짐승은 이내 몸을 비틀며 둔탁한 소리와 함께 땅바닥으로 떨어졌다.

노인은 짐승에게 다가갔다. 그는 두 발의 총탄이 짐승의 가슴을 열어 놓은 것을 보며 치를 떨었다. 생각보다 훨씬 큰 몸집을 지닌 짐승의 자태는 굶어서 야위긴 했지만 너무나 아름다워 도저히 인간의 상상으로는 만들어

질 수 없는 존재처럼 보였다. 죽은 짐승의 털을 어루만
지던 노인은 자신이 입은 상처의 고통을 잊은 채 명예롭
지 못한 그 싸움에서 어느 쪽도 승리자가 될 수 없다고
생각하면서 부끄러움의 눈물을 흘렸다.

 이윽고 노인은 눈물과 빗물에 뒤범벅이 된 얼굴을 닦
을 생각도 하지 않고 짐승의 시체를 끌고서 강가로 나갔
다. 그는 그 짐승의 시체가 우기에 불어난 하천을 따라
다시는 백인들의 더러운 발길이 닿지 않는 곳으로, 거대
한 아마존 강이 합류하는 저 깊은 곳으로 흘러가길 바라
면서, 그리하여 영예롭지 못한 해충이나 짐승의 눈에 띠
기 전에 갈기갈기 찢어지길 기원하면서 강물 속으로 밀
어 넣었다. 그리고 한참 동안 무엇인가를 생각하던 노인
은 느닷없이 화가 난 사람처럼 손에 들고 있던 엽총을
강물에 던져 버렸고, 세상의 모든 창조물로부터 환영받
지 못하는 그 금속성의 짐승이 물속으로 가라앉는 모습
을 하염없이 지켜보았다.

 안토니오 호세 볼리바르 프로아뇨는 틀니를 꺼내 손
수건으로 감쌌다. 그는 그 비극을 시작하게 만든 백인에
게, 읍장에게, 금을 찾는 노다지꾼들에게, 아니 아마존
의 처녀성을 유린하는 모든 이들에게 저주를 퍼부으며
낫칼로 쳐낸 긴 나뭇가지에 몸을 의지한 채 엘 이딜리오
를 향해, 이따금 인간들의 야만성을 잊게 해주는, 세상

의 아름다운 언어로 사랑을 얘기하는, 연애 소설이 있는
그의 오두막을 향해 걸음을 떼기 시작했다.

아르타토레, 유고슬라비아, 1987

함부르크, 독일, 1988

라틴 아메리카 문학의 적자, 루이스 세풀베다

오늘날 세계 문학계 — 특히 출판계 — 는 21세기 소설 문학을 이끌어 갈 작가 중의 한 사람으로 루이스 세풀베다를 지목하는 데 주저하지 않는다. 그것은 출판계를 경악시킨 『연애 소설 읽는 노인』과 일련의 작품들로 세인의 주목을 받게 된 세풀베다가 현대 소설의 미학을 한 차원 끌어올렸다고 평가되는 1960년대의 〈붐 세대〉 이후에 침체 상태에 빠져 있던 라틴 아메리카의 소설 문학을 이사벨 아옌데와 함께 — 혹은 독자적으로 — 부흥시킬 수 있는 존재로 부각되었음을 의미한다.

루이스 세풀베다는 비교적 늦게 알려진 작가다. 실제로 그의 이름은 『연애 소설 읽는 노인』이 대성공을 거두기 전까지 라틴 아메리카 현대 소설사에서 거의 언급된 적이 없었다고 해도 과언이 아니다. 하지만 그는 이미 자신의 가능성을 예고하고 있었던 작가이기도 하다.

루이스 세풀베다는 1949년 칠레의 북부 오바예에서 출생했다. 그는 피노체트 군사 정권하에서 반독재 반체제 운동에 주도적으로 활동하다 수감되었으나 국제 사면 위원회의 도움으로 석방된 후 망명길에 올랐고, 주변국인 페루, 에콰도르, 콜롬비아에서 연극 단체를 이끌며 유네스코 기자로 활동하다 1980년부터 독일에 정착했다. 지금은 스페인에 거주하고 있다.

세풀베다는 작가이기 이전에 지칠 줄 모르는 여행가로 알려져 있다. 그는 망명 이후 아마존이나 남극 지방의 오지 등을 돌아다녔고, 어떤 때는 무지개 색깔로 상징되는 그린피스의 해상 감시선에 모습을 나타내기도 했다. 행동하는 지성으로 지칭되는 그는 오늘날 우리 사회를 반휴머니즘이 극도로 팽배된 사회, 가진 자와 없는 자의 차이가 지나치게 불균형을 이루는 사회라고 말한다. 일례로 그는 오늘날의 세계를 흔히 〈지구촌〉이라고 표현하지만 아프리카와 라틴 아메리카의 비문명 지역이나 저개발 지역을 배제하는 지구촌이란 한낱 껍데기에 불과하며, 그것은 단지 정보 통신을 장악하고 소유한 국가나 개인 또는 그것에 관심을 가진 자들만을 위한 거짓 구호라고 질타한다. 모든 국가가, 모든 인종이, 모든 인간이 함께 누려야 할 진정한 지구촌의 개념은 이 지구상에 여전히 존재하지 않는다는 것이다.

세풀베다의 문학은 기존의 라틴 아메리카 소설 문학

이 추구해 온, 적어도 그들이 보여 주었던 모습에서 탈피하거나 일정한 거리를 두고 있다. 그는 소설의 문체나 구조보다는 변덕스럽다고 느껴질 정도로 장르의 변화에 역점을 두는데, 실제로 그가 모색한 소설 장르의 실험은 짧은 기간에 여러 작품에서 다양하게 드러난다. 리얼리즘에 마술주의적 요소를 가미한 『연애 소설 읽는 노인』(1989), 최초의 환경 소설로 평가받는 『지구 끝의 사람들』(1994), 역시 환경 소설이라고 할 수 있는 동화 『어린 갈매기에게 나는 법을 가르쳐 준 고양이』(1996), 자전적 여행 소설 『파타고니아 특급 열차』(1995), 본격적인 흑색 소설에 추리 기법을 담고 있는 『귀향』(1994), 「감상적 킬러의 고백」(1996), 「악어」(1997)가 좋은 예라고 할 것이다.

오늘날 세풀베다의 작품은 전 세계에서, 특히 유럽에서 ── 라틴 아메리카 작가들 중에서 ── 가르시아 마르케스 이후에 가장 많이 읽히고 있다. 여러 가지 이유가 있겠지만 분명한 것은 그의 소설이 쉽고 빨리 읽힌다는 점이다. 그의 작품은 인간과 자연이나 선과 악에 대한 작가의 분명한 이데아를 바탕으로, 테마가 단순하고 플롯이 복잡하지 않으며 짧은 분량에 무수한 에피소드를 삽입하고 있는 것이 특징이다. 나아가 그의 작품은 기존의 소설에서 찾기 힘든 환경이나 생태계 문제를 흥미 있게 다룸으로써 특히 유럽 독자의 눈을 사로잡는다.

　루이스 세풀베다의 소설은 여러 언어로 번역되고 대
부분 영화화되어 독자들을 찾아가고 있다. 하지만 그의
작품에 대한 평가는 조국 칠레의 냉담한 반응과 함께 여
전히 인색하거나 유보된 상태다. 어쩌면 이러한 소극적
인 평가는 그의 소설 문학이 라틴 아메리카의 문학적 특
성과 상당히 거리를 두고 있다는 시각에서 파생된 이유
있는 판단일지도 모른다. 여하튼 오늘날 소설 문학이 문
학성 그 자체만을 고집해야 하는 것인지 혹은 소설 문학
이 독자를 떠나 존재할 수 있는 것인지 하는 논쟁은 거
의 퇴색되었다는 사실에 비추어 볼 때, 작가 세풀베다가
21세기 소설 문학을 이끌어 갈 작가 중의 한 사람이라는
것은 자명한 사실이다.

　『연애 소설 읽는 노인』은 행동하는 지성인, 작가 루이
스 세풀베다가 긴 여정 같은 자신의 생활을 통해 보고
들은 한 인간의 삶을 예민하고 감수성 넘치는 언어로 형
상화한 소설이자, 개발이라는 미명을 내세운 인간들에
의해 그 처녀성을 유린당하고 있는 아마존을 위한 서사
시이다.

　『연애 소설 읽는 노인』은 아마존의 밀림이 서서히 우
기에 접어드는 — 어느 비극적인 사건을 예고하는 듯한

암시가 흐르는 — 가운데, 여러 인간들의 모습과 그들 사이에 일어나는 크고 작은 에피소드를 풀어놓으며 시작된다.

엘 이딜리오는 고향을 등지고 새롭게 정착한 이주민들, 그들 위에 군림하는 독재자 같은 읍장, 일확천금을 노리고 발을 들여놓은 노다지꾼들, 마치 전투라도 치를 듯 중무장을 한 채 나타나 닥치는 대로 동물들을 쏘아 죽이는 밀렵꾼들과 백인들이 찾아 드는 곳이다. 그러나 인디오들과 동물들이 삶의 터전을 외지인들에게 빼앗긴 채 더 깊은 오지를 찾아 떠나 버린 그곳은 원주민들에게도 문명인에게도 더 이상 약속의 땅이 될 수 없는 암담한 세계다.

한편 그곳에는 안토니오 호세 볼리바르라는 노인이 살고 있다. 그는 아마존의 원주민인 수아르 족과 함께 생활하는 동안, 그들을 통해 밀림에서 생존해 나가는 법을 배운다. 또한 그는 그곳의 원주민들과 동물들을 사랑하는 방법을 터득한 지혜로운 인물이다. 나날이 황폐해지는 아마존을 지켜보며 가슴 아파하던 노인은 이제 자신이 늙어 간다는 것을 느낀다. 그리고 우연한 기회에 글을 쓸 줄은 몰라도 읽을 줄 안다는 사실을 깨달은 뒤부터 자신의 보금자리인 오두막에서 1년에 두 번씩 치과 의사 루비쿤도 로아차민이 가져다주는 연애 소설 — 적어도 그에게는 세상에서 가장 슬프고 아름다운 사랑 이야기 —

의 책장이 닳도록 읽고 또 읽으면서 무료하고 적막한 나날을 보낸다.

그러던 어느 날, 금발의 시체가 발견되면서 한가롭기만 한 마을이 두려움으로 술렁거리고, 그로 인해 세상사를 멀리한 채 연애 소설을 읽던 노인의 평화가 위협을 받는다. 밀렵꾼인 양키에게 새끼들과 수놈을 잃은 암살쾡이가 그 보복으로 인간 사냥에 나선 것이다. 이때부터 이야기는 본격적으로 시작된 우기 — 어떤 파국적인 종말을 예시하는 듯한 전조 — 와 함께 극적인 긴장감을 유지하면서 인간과 동물의 피할 수 없는 한판 싸움으로 진행되고, 마침내 그들의 처절한 혈투는 노인의 연애 소설만큼이나 고통스럽고 아름다운 사랑 뒤의 해피 엔드가 아닌, 이미 예고된 암시나 전조처럼 사뭇 비장하고 비극적인 결말로 끝난다.

『연애 소설 읽는 노인』은 여러 에피소드들이 단편처럼 흩어져 암시처럼 전개되다 어느 순간에 한 사건으로 집중되고, 그 순간부터 인간과 동물의 싸움으로 압축되면서 극적인 긴장감과 함께 대절정에 이르는 작품이다.

긴 밀림의 우기, 하늘이 보이지 않는 원시림, 동물들의 울음소리, 사람들의 움직임, 강물 흐르는 소리, 그 사이로 파고드는 문명의 소리가 화음과 불협화음을 이루

는, 마치 한 편의 영화를 보는 듯한 이 작품에서 우리는
노인 안토니오 호세 볼리바르의 모습을 상상하는 동안,
얼핏 우리의 노인과 비슷한 인물, 즉 바다로 나가 기나
긴 기다림 끝에 거대한 〈말린〉과 사투를 벌이고 마침내
뼈만 앙상한 노획물과 함께 돌아오는 노인 산티아고를
떠올리게 된다. 그러나 헤밍웨이의 노인이 치렀던 싸움
이 결국은 물고기와의 대결이 아닌 자신과의 싸움이었
고 이를 통해 도전하는 자만이 해낼 수 있다는 〈위대한
인간의 승리〉를 확인했다면, 안토니오 호세 볼리바르가
치러야 했던 암살쾡이와의 싸움은 늙음 앞에서 자신이
살아 있다는 것을 확인하고자 하는 몸부림이 아니라 본
질적인 삶의 근원 — 밀림 세계에서의 삶과 죽음이란
그 자체일 뿐이라는 원주민인 수아르 족의 말처럼 —
을 찾아 나선 행위이다. 이 소설의 노인은 그 행위를 통
해 오로지 승리만을 좇는 오늘날의 우리 인간이 얼마나
나약하고 위선에 찬 존재인가를 깨닫게 만든다.

　루이스 세풀베다는 세계적인 환경 운동가이자 아마
존의 수호자인 치코 멘데스에게 바친 이 작품에서 치과
의사의 걸쭉한 입담을 빌려 라틴 아메리카의 현실을 질
타하는가 하면, 아마존의 주인인 수아르 족의 삶의 지
혜를 들려줌으로써 인간이 자연을 외면하는 한 결국은
모두가 공멸할 수밖에 없다는 준엄한 경고를 놓치지 않
는다.

1989년 티그레상을 수상한 『연애 소설 읽는 노인』은 10여 개의 언어로 번역되어 세계적으로 수백만 명에 이르는 독자들의 마음을 사로잡았고, 1999년 미겔 라틴 감독에 의해 영화화되었다.

정창

루이스 세풀베다 연보

1949년 출생 칠레 오바예에서 태어남.

1962년 13세 네루다를 접한 뒤에 〈청년 사회주의자〉에 참여. 10대 시절 전위적인 청년 사회주의 전사로서 학생 운동에 가담하는 한편, 다양한 문학 장르 습작과 극작 활동을 함.

1973년 24세 살바도르 아옌데 대통령 경호 근무. 피노체트가 주도한 군부 쿠데타(9월 11일)에 의해 체포, 모진 고문에 이어 테무코 교도소에 투옥됨.

1976년 27세 6월, 수감 942일 만에 국제 사면 위원회의 노력으로 석방. 군부에 의해 추방됨. 남아메리카 적도 부근의 인접 국가(페루, 에콰도르, 콜롬비아 등)를 떠돌며 망명 생활. 당시의 밀림 생활은 그의 대표작 『연애 소설 읽는 노인 *Un viejo que leía novelas de amor*』을 구상하는 기회를 제공함. 이후 〈산디니스타〉에 입대.

1979년 30세 시몬 볼리바르 부대 한복판에 위치한 〈마나구아 점령〉 전투에 참전.

1980년 31세 유럽으로 이주. 이 기간에 독일 『슈피겔 *Der Spiegel*』지 통신원으로 앙골라 내전에 파견 근무. 프랑크푸르트 이스탄불 간 도로 공사에서 인부 생활, 그린피스 일원으로 활동, 포경 반대

행동파 대원으로 참여. 유럽에 정착하면서 연극과 소설 등 본격적인 창작 시작.

1989년 ^{40세} 『연애 소설 읽는 노인』 발표. 티그레 후안상을 수상하며 세계적인 베스트셀러가 됨.

1994년 ^{45세} 남극해에서 자행되는 포경의 실상을 다룬 리포트이자 고발 작품인 『지구 끝의 사람들Mondo del fin del mundo』을 발표. 후안 치바스상 수상. 같은 해 독특한 장르인 흑색 소설 『귀향』 (원제: 투우사의 이름Nombre de torero) 발표.

1995년 ^{46세} 자전적 기행문인 『파타고니아 특급 열차Patagonia express』 발표.

1996년 ^{47세} 환경 오염을 주제로 삼은 동화 작품 『어린 갈매기에게 나는 법을 가르쳐 준 고양이Historia de una gaviota y del gato que le enseñó a volar』 발표.

1997년 ^{48세} 기존의 단편들과 미발표된 중편 및 단편소설들을 묶은 『외면Desencuentros』 발표.

1998년 ^{49세} 일간지에 실렸던 중편 「감상적 킬러의 고백Diario de un killer sentimental」과 「악어」(원제: 야카레Yacaré) 책으로 발간.

1999년 ^{50세} 『연애 소설 읽는 노인』이 미겔 리틴 감독에 의해 영상화.

2000년 ^{51세} 35편의 짧은 글을 엮은 단편집 『소외Historias marginales』 발표.

2001년 ^{52세} 직접 메가폰을 쥐고 만든 영화 「어디에도 없다 Nowhere」 발표.

2002년 ^{53세} 『핫 라인Hot Line』 발표.

2004년 55세 우루과이 작가 마리오 델가도 아파라인과 공동으로 쓴『그림 형제 최악의 스토리 *Los peores cuentos de los hermanos Grim*』발표.

2005년 56세 서울 국제 문학 포럼의 초청으로 르 클레지오, 보드리야르 등과 함께 서울 방문.

2008년 59세 여행가적 면모가 생동하는 자전적 작품집『알라디노의 램프 *La lámpara de Aladino*』발표.

2009년 60세 『우리였던 그림자 *La sombra de lo que fuimos*』로 프리마베라상 수상.

2016년 67세 헤밍웨이 문학상 수상.

2020년 71세 코로나19에 감염되어 스페인 북부 오비에도의 한 병원에서 별세.

열린책들 세계문학 023 연애 소설 읽는 노인

옮긴이 정창 경희대학교를 졸업하고 멕시코 과달라하라 주립 대학교를 거쳐 스페인 마드리드 국립 대학교에서 박사 과정을 수료했다. 현재 스페인어권 도서를 소개하며 출판 기획과 번역을 하고 있다. 옮긴 책으로는 루이스 세풀베다의 『지구 끝의 사람들』, 『감상적 킬러의 고백』, 『귀향』, 『파타고니아 특급 열차』, 아르투로 페레스 레베르테의 『플랑드르 거장의 그림』, 『뒤마 클럽』, 후안 룰포의 『뻬드로 빠라모』, 바르가스 요사의 『궁둥이』, 로사 몬테로의 『시대를 앞서간 여자들의 거짓과 비극의 역사』 등이 있다.

지은이 루이스 세풀베다 옮긴이 정창 발행인 홍예빈 · 홍유진
발행처 주식회사 열린책들 주소 경기도 파주시 문발로 253 파주출판도시
전화 031-955-4000 팩스 031-955-4004 홈페이지 www.openbooks.co.kr
Copyright (C) 주식회사 열린책들, 2001, 2009, *Printed in Korea.*
ISBN 978-89-329-0936-3 04890 ISBN 978-89-329-1499-2 (세트)
**발행일 2001년 3월 15일 초판 1쇄 2009년 7월 10일 초판 18쇄 2006년 2월 25일
보급판 1쇄 2008년 10월 30일 보급판 4쇄 2009년 11월 10일 세계문학판 1쇄
2023년 2월 15일 세계문학판 22쇄**

이 도서의 국립중앙도서관 출판예정도서목록(CIP)은 서지정보유통지원시스템 홈페이지(http://seoji.nl.go.kr)와 국가자료공동목록시스템(http://www.nl.go.kr/kolisnet)에서 이용하실 수 있습니다.(CIP제어번호 : CIP2009003292)

열린책들 세계문학
Open Books World Literature

001 **죄와 벌** 표도르 도스또예프스끼 장편소설 | 홍대화 옮김 | 전2권 | 각 408, 512면

003 **최초의 인간** 알베르 카뮈 장편소설 | 김화영 옮김 | 392면

004 **소설** 제임스 미치너 장편소설 | 윤희기 옮김 | 전2권 | 각 280, 368면

006 **개를 데리고 다니는 부인** 안똔 체호프 소설선집 | 오종우 옮김 | 368면

007 **우주 만화** 이탈로 칼비노 단편집 | 김운찬 옮김 | 416면

008 **댈러웨이 부인** 버지니아 울프 장편소설 | 최애리 옮김 | 296면

009 **어머니** 막심 고리끼 장편소설 | 최윤락 옮김 | 544면

010 **변신** 프란츠 카프카 중단편집 | 홍성광 옮김 | 464면

011 **전도서에 바치는 장미** 로저 젤라즈니 중단편집 | 김상훈 옮김 | 432면

012 **대위의 딸** 알렉산드르 뿌쉬낀 장편소설 | 석영중 옮김 | 240면

013 **바다의 침묵** 베르코르 소설선집 | 이상해 옮김 | 256면

014 **원수들, 사랑 이야기** 아이작 싱어 장편소설 | 김진준 옮김 | 320면

015 **백치** 표도르 도스또예프스끼 장편소설 | 김근식 옮김 | 전2권 | 각 504, 528면

017 **1984년** 조지 오웰 장편소설 | 박경서 옮김 | 392면

019 **이상한 나라의 앨리스** 루이스 캐럴 환상동화 | 머빈 피크 그림 | 최용준 옮김 | 336면

020 **베네치아에서의 죽음** 토마스 만 중단편집 | 홍성광 옮김 | 432면

021 **그리스인 조르바** 니코스 카잔차키스 장편소설 | 이윤기 옮김 | 488면

022 **벚꽃 동산** 안똔 체호프 희곡선집 | 오종우 옮김 | 336면

023 **연애 소설 읽는 노인** 루이스 세풀베다 장편소설 | 정창 옮김 | 192면

024 **젊은 사자들** 어윈 쇼 장편소설 | 정영문 옮김 | 전2권 | 각 416, 408면

026 **젊은 베르테르의 슬픔** 요한 볼프강 폰 괴테 장편소설 | 김인순 옮김 | 240면

027 **시라노** 에드몽 로스탕 희곡 | 이상해 옮김 | 256면

028 **전망 좋은 방** E. M. 포스터 장편소설 | 고정아 옮김 | 352면

029 **까라마조프 씨네 형제들** 표도르 도스또예프스끼 장편소설 | 이대우 옮김 | 전3권 | 각 496, 496, 460면

032 **프랑스 중위의 여자** 존 파울즈 장편소설 | 김석희 옮김 | 전2권 | 각 344면

034 **소립자** 미셸 우엘벡 장편소설 | 이세욱 옮김 | 448면

035 **영혼의 자서전** 니코스 카잔차키스 자서전 | 안정효 옮김 | 전2권 | 각 352, 408면

037 **우리들** 예브게니 자먀찐 장편소설 | 석영중 옮김 | 320면

038 **뉴욕 3부작** 폴 오스터 장편소설 | 황보석 옮김 | 480면

039 **닥터 지바고** 보리스 파스테르나크 장편소설 | 홍대화 옮김 | 전2권 | 각 480, 592면

041 **고리오 영감** 오노레 드 발자크 장편소설 | 임희근 옮김 | 456면

042 **뿌리** 알렉스 헤일리 장편소설 | 안정효 옮김 | 전2권 | 각 400, 448면

044 **백년보다 긴 하루** 친기즈 아이뜨마또프 장편소설 | 황보석 옮김 | 560면

045 **최후의 세계** 크리스토프 란스마이어 장편소설 | 장희권 옮김 | 264면

046 **추운 나라에서 돌아온 스파이** 존 르카레 장편소설 | 김석희 옮김 | 368면

047 **산도칸 ─ 몸프라쳄의 호랑이** 에밀리오 살가리 장편소설 | 유향란 옮김 | 428면

048 **기적의 시대** 보리슬라프 페키치 장편소설 | 이윤기 옮김 | 560면

049 **그리고 죽음** 짐 크레이스 장편소설 | 김석희 옮김 | 224면

050 **세설** 다니자키 준이치로 장편소설 | 송태욱 옮김 | 전2권 | 각 480면

052 **세상이 끝날 때까지 아직 10억 년** 스뜨루가쯔끼 형제 장편소설 | 석영중 옮김 | 224면

053 **동물 농장** 조지 오웰 장편소설 | 박경서 옮김 | 208면

054 **캉디드 혹은 낙관주의** 볼테르 장편소설 | 이봉지 옮김 | 232면

055 **도적 떼** 프리드리히 폰 실러 희곡 | 김인순 옮김 | 264면

056 **플로베르의 앵무새** 줄리언 반스 장편소설 | 신재실 옮김 | 320면

057 **악령** 표도르 도스또예프스끼 장편소설 | 박혜경 옮김 | 전3권 | 각 328, 408, 528면

060 **의심스러운 싸움** 존 스타인벡 장편소설 | 윤희기 옮김 | 340면

061 **몽유병자들** 헤르만 브로흐 장편소설 | 김경연 옮김 | 전2권 | 각 568, 544면

063 **몰타의 매** 대실 해밋 장편소설 | 고정아 옮김 | 304면

064 **마야꼬프스끼 선집** 블라지미르 마야꼬프스끼 선집 | 석영중 옮김 | 384면

065 **드라큘라** 브램 스토커 장편소설 | 이세욱 옮김 | 전2권 | 각 340, 344면

067 **서부 전선 이상 없다** 에리히 마리아 레마르크 장편소설 | 홍성광 옮김 | 336면

068 **적과 흑** 스탕달 장편소설 | 임미경 옮김 | 전2권 | 각 432, 368면

070 **지상에서 영원으로** 제임스 존스 장편소설 | 이종인 옮김 | 전3권 | 각 396, 380, 496면

073 **파우스트** 요한 볼프강 폰 괴테 희곡 | 김인순 옮김 | 568면

074 **쾌걸 조로** 존스턴 매컬리 장편소설 | 김훈 옮김 | 316면

075 **거장과 마르가리따** 미하일 불가꼬프 장편소설 | 홍대화 옮김 | 전2권 | 각 364, 328면

077 **순수의 시대** 이디스 워튼 장편소설 | 고정아 옮김 | 448면

078 **검의 대가** 아르투로 페레스 레베르테 장편소설 | 김수진 옮김 | 384면

079 **예브게니 오네긴** 알렉산드르 뿌쉬낀 운문소설 | 석영중 옮김 | 328면

080 **장미의 이름** 움베르토 에코 장편소설 | 이윤기 옮김 | 전2권 | 각 440, 448면

082 **향수** 파트리크 쥐스킨트 장편소설 | 강명순 옮김 | 384면

083 **여자를 안다는 것** 아모스 오즈 장편소설 | 최창모 옮김 | 280면

084 **나는 고양이로소이다** 나쓰메 소세키 장편소설 | 김난주 옮김 | 544면

085 **웃는 남자** 빅토르 위고 장편소설 | 이형식 옮김 | 전2권 | 각 472, 496면

087 **아웃 오브 아프리카** 카렌 블릭센 장편소설 | 민승남 옮김 | 480면

088 **무엇을 할 것인가** 니꼴라이 체르니셰프스끼 장편소설 | 서정록 옮김 | 전2권 | 각 360, 404면

090 **도나 플로르와 그녀의 두 남편** 조르지 아마두 장편소설 | 오숙은 옮김 | 전2권 | 각 408, 308면

092 **미사고의 숲** 로버트 홀드스톡 장편소설 | 김상훈 옮김 | 424면

093 **신곡** 단테 알리기에리 장편서사시 | 김운찬 옮김 | 전3권 | 각 292, 296, 328면

096 **교수** 샬럿 브론테 장편소설 | 배미영 옮김 | 368면

097 **노름꾼** 표도르 도스또예프스끼 장편소설 | 이재필 옮김 | 320면

098 **하워즈 엔드** E. M. 포스터 장편소설 | 고정아 옮김 | 512면

099 **최후의 유혹** 니코스 카잔차키스 장편소설 | 안정효 옮김 | 전2권 | 각 408면

101 **키리냐가** 마이크 레스닉 장편소설 | 최용준 옮김 | 464면

102 **바스커빌가의 개** 아서 코넌 도일 장편소설 | 조영학 옮김 | 264면

103 **버마 시절** 조지 오웰 장편소설 | 박경서 옮김 | 408면

104 **10 1/2장으로 쓴 세계 역사** 줄리언 반스 장편소설 | 신재실 옮김 | 464면

105 **죽음의 집의 기록** 표도르 도스또예프스끼 장편소설 | 이덕형 옮김 | 528면

106 **소유** 앤토니어 수전 바이어트 장편소설 | 윤희기 옮김 | 전2권 | 각 440, 488면

108 **미성년** 표도르 도스또예프스끼 장편소설 | 이상룡 옮김 | 전2권 | 각 512, 544면

110 **성 앙투안느의 유혹** 귀스타브 플로베르 희곡소설 | 김용은 옮김 | 584면

111 **밤으로의 긴 여로** 유진 오닐 희곡 | 강유나 옮김 | 240면

112 **마법사** 존 파울즈 장편소설 | 정영문 옮김 | 전2권 | 각 512, 552면

114 **스쩨빤치꼬보 마을 사람들** 표도르 도스또예프스끼 장편소설 | 변현태 옮김 | 416면

115 **플랑드르 거장의 그림** 아르투로 페레스 레베르테 장편소설 | 정창 옮김 | 512면

116 **분신** 표도르 도스또예프스끼 장편소설 | 석영중 옮김 | 288면

117 **가난한 사람들** 표도르 도스또예프스끼 장편소설 | 석영중 옮김 | 256면

118 **인형의 집** 헨리크 입센 희곡 | 김창화 옮김 | 272면

119 **영원한 남편** 표도르 도스또예프스끼 장편소설 | 정명자 외 옮김 | 448면

120 **알코올** 기욤 아폴리네르 시집 | 황현산 옮김 | 352면

121 **지하로부터의 수기** 표도르 도스또예프스끼 장편소설 | 계동준 옮김 | 256면

122 **어느 작가의 오후** 페터 한트케 중편소설 | 홍성광 옮김 | 160면

123 **아저씨의 꿈** 표도르 도스또예프스끼 장편소설 | 박종소 옮김 | 312면

124 **네또츠까 네즈바노바** 표도르 도스또예프스끼 장편소설 | 박재만 옮김 | 316면

125 **곤두박질** 마이클 프레인 장편소설 | 최용준 옮김 | 528면

126 **백야 외** 표도르 도스또예프스끼 소설선집 | 석영중 외 옮김 | 408면

127 **살라미나의 병사들** 하비에르 세르카스 장편소설 | 김창민 옮김 | 304면

128 **뻬쩨르부르그 연대기 외** 표도르 도스또예프스끼 소설선집 | 이항재 옮김 | 296면

129 **상처받은 사람들** 표도르 도스또예프스끼 장편소설 | 윤우섭 옮김 | 전2권 | 각 296, 392면

131 **악어 외** 표도르 도스또예프스끼 소설선집 | 박혜경 외 옮김 | 312면

132 **허클베리 핀의 모험** 마크 트웨인 장편소설 | 윤교찬 옮김 | 416면

133 **부활** 레프 똘스또이 장편소설 | 이대우 옮김 | 전2권 | 각 308, 416면

135 **보물섬** 로버트 루이스 스티븐슨 장편소설 | 머빈 피크 그림 | 최용준 옮김 | 360면

136 **천일야화** 앙투안 갈랑 엮음 | 임호경 옮김 | 전6권 | 각 336, 328, 372, 392, 344, 320면

142 **아버지와 아들** 이반 뚜르게네프 장편소설 | 이상원 옮김 | 328면

143 **오만과 편견** 제인 오스틴 장편소설 | 원유경 옮김 | 480면

144 **천로 역정** 존 버니언 우화소설 | 이동일 옮김 | 432면

145 **대주교에게 죽음이 오다** 윌라 캐더 장편소설 | 윤명옥 옮김 | 352면

146 **권력과 영광** 그레이엄 그린 장편소설 | 김연수 옮김 | 384면

147 **80일간의 세계 일주** 쥘 베른 장편소설 | 고정아 옮김 | 352면

148 **바람과 함께 사라지다** 마거릿 미첼 장편소설 | 안정효 옮김 | 전3권 | 각 616, 640, 640면

151 **기탄잘리** 라빈드라나트 타고르 시집 | 장경렬 옮김 | 224면

152 **도리언 그레이의 초상** 오스카 와일드 장편소설 | 윤희기 옮김 | 384면

153 **레우코와의 대화** 체사레 파베세 희곡소설 | 김운찬 옮김 | 280면

154 **햄릿** 윌리엄 셰익스피어 희곡 | 박우수 옮김 | 256면

155 **맥베스** 윌리엄 셰익스피어 희곡 | 권오숙 옮김 | 176면

156 **아들과 연인** 데이비드 허버트 로런스 장편소설 | 최희섭 옮김 | 전2권 | 464, 432면

158 **그리고 아무 말도 하지 않았다** 하인리히 뵐 장편소설 | 홍성광 옮김 | 272면

159 **미덕의 불운** 싸드 장편소설 | 이형식 옮김 | 248면

160 **프랑켄슈타인** 메리 W. 셸리 장편소설 | 오숙은 옮김 | 320면

161 **위대한 개츠비** 프랜시스 스콧 피츠제럴드 장편소설 | 한애경 옮김 | 280면

162 **아Q정전** 루쉰 중단편집 | 김태성 옮김 | 320면

163 **로빈슨 크루소** 대니얼 디포 장편소설 | 류경희 옮김 | 456면

164 **타임머신** 허버트 조지 웰스 소설선집 | 김석희 옮김 | 304면

165 **제인 에어** 샬럿 브론테 장편소설 | 이미선 옮김 | 전2권 | 각 392, 384면

167 **풀잎** 월트 휘트먼 시집 | 허현숙 옮김 | 280면

168 **표류자들의 집** 기예르모 로살레스 장편소설 | 최유정 옮김 | 216면

169 **배빗** 싱클레어 루이스 장편소설 | 이종인 옮김 | 520면

170 **이토록 긴 편지** 마리아마 바 장편소설 | 백선희 옮김 | 192면

171 **느릅나무 아래 욕망** 유진 오닐 희곡 | 손동호 옮김 | 168면

172 **이방인** 알베르 카뮈 장편소설 | 김예령 옮김 | 208면

173 **미라마르** 나기브 마푸즈 장편소설 | 허진 옮김 | 288면

174 **지킬 박사와 하이드 씨** 로버트 루이스 스티븐슨 소설선집 | 조영학 옮김 | 320면

175 **루진** 이반 뚜르게네프 장편소설 | 이항재 옮김 | 264면

176 **피그말리온** 조지 버나드 쇼 희곡 | 김소임 옮김 | 256면

177 **목로주점** 에밀 졸라 장편소설 | 유기환 옮김 | 전2권 | 각 336면

179 **엠마** 제인 오스틴 장편소설 | 이미애 옮김 | 전2권 | 각 336, 360면

181 **비숍 살인 사건** S. S. 밴 다인 장편소설 | 최인자 옮김 | 464면

182 **우신예찬** 에라스무스 풍자문 | 김남우 옮김 | 296면

183 **하자르 사전** 밀로라드 파비치 장편소설 | 신현철 옮김 | 488면

184 **테스** 토머스 하디 장편소설 | 김문숙 옮김 | 전2권 | 각 392, 336면

186 **투명 인간** 허버트 조지 웰스 장편소설 | 김석희 옮김 | 288면

187 **93년** 빅토르 위고 장편소설 | 이형식 옮김 | 전2권 | 각 288, 360면

189 **젊은 예술가의 초상** 제임스 조이스 장편소설 | 성은애 옮김 | 384면

190 **소네트집** 윌리엄 셰익스피어 연작시집 | 박우수 옮김 | 200면

191 **메뚜기의 날** 너새니얼 웨스트 장편소설 | 김진준 옮김 | 280면

192 **나사의 회전** 헨리 제임스 중편소설 | 이승은 옮김 | 256면

193 **오셀로** 윌리엄 셰익스피어 희곡 | 권오숙 옮김 | 216면

194 **소송** 프란츠 카프카 장편소설 | 김재혁 옮김 | 376면

195 **나의 안토니아** 윌라 캐더 장편소설 | 전경자 옮김 | 368면

196 **자성록** 마르쿠스 아우렐리우스 명상록 | 박민수 옮김 | 240면

197 **오레스테이아** 아이스킬로스 비극 | 두행숙 옮김 | 336면

198 **노인과 바다** 어니스트 헤밍웨이 소설선집 | 이종인 옮김 | 320면

199 **무기여 잘 있거라** 어니스트 헤밍웨이 장편소설 | 이종인 옮김 | 464면

200 **서푼짜리 오페라** 베르톨트 브레히트 희곡선집 | 이은희 옮김 | 320면

201 **리어 왕** 윌리엄 셰익스피어 희곡 | 박우수 옮김 | 224면

202 **주홍 글자** 너새니얼 호손 장편소설 | 곽영미 옮김 | 360면

203 **모히칸족의 최후** 제임스 페니모어 쿠퍼 장편소설 | 이나경 옮김 | 512면

204 **곤충 극장** 카렐 차페크 희곡선집 | 김선형 옮김 | 360면

205 **누구를 위하여 종은 울리나** 어니스트 헤밍웨이 장편소설 | 이종인 옮김 | 전2권 | 각 416, 400면

207 **타르튀프** 몰리에르 희곡선집 | 신은영 옮김 | 416면

208 **유토피아** 토머스 모어 소설 | 전경자 옮김 | 288면

209 **인간과 초인** 조지 버나드 쇼 희곡 | 이후지 옮김 | 320면

210 **페드르와 이폴리트** 장 라신 희곡 | 신정아 옮김 | 200면

211 **말테의 수기** 라이너 마리아 릴케 장편소설 | 안문영 옮김 | 320면

212 **등대로** 버지니아 울프 장편소설 | 최애리 옮김 | 328면

213 **개의 심장** 미하일 불가꼬프 중편소설집 | 정연호 옮김 | 352면

214 **모비 딕** 허먼 멜빌 장편소설 | 강수정 옮김 | 전2권 | 각 464, 488면

216 **더블린 사람들** 제임스 조이스 단편소설집 | 이강훈 옮김 | 336면

217 **마의 산** 토마스 만 장편소설 | 윤순식 옮김 | 전3권 | 각 496, 488, 512면

220 **비극의 탄생** 프리드리히 니체 | 김남우 옮김 | 320면

221 **위대한 유산** 찰스 디킨스 장편소설 | 류경희 옮김 | 전2권 | 각 432, 448면

223 **사람은 무엇으로 사는가** 레프 똘스또이 소설선집 | 윤새라 옮김 | 464면

224 **자살 클럽** 로버트 루이스 스티븐슨 소설선집 | 임종기 옮김 | 272면

225 **채털리 부인의 연인** 데이비드 허버트 로런스 장편소설 | 이미선 옮김 | 전2권 | 각 336, 328면

227 **데미안** 헤르만 헤세 장편소설 | 김인순 옮김 | 264면

228 **두이노의 비가** 라이너 마리아 릴케 시선집 | 손재준 옮김 | 504면

229 **페스트** 알베르 카뮈 장편소설 | 최윤주 옮김 | 432면

230 **여인의 초상** 헨리 제임스 장편소설 | 정상준 옮김 | 전2권 | 각 520, 544면

232 **성** 프란츠 카프카 장편소설 | 이재황 옮김 | 560면

233 **차라투스트라는 이렇게 말했다** 프리드리히 니체 산문시 | 김인순 옮김 | 464면

234 **노래의 책** 하인리히 하이네 시집 | 이재영 옮김 | 384면

235 **변신 이야기** 오비디우스 서사시 | 이종인 옮김 | 632면

236 **안나 까레니나** 레프 똘스또이 장편소설 | 이명현 옮김 | 전2권 | 각 800, 736면

238 **이반 일리치의 죽음·광인의 수기** 레프 똘스또이 중단편집 | 석영중·정지원 옮김 | 232면

239 **수레바퀴 아래서** 헤르만 헤세 장편소설 | 강명순 옮김 | 272면

240 **피터 팬** J. M. 배리 장편소설 | 최용준 옮김 | 272면

241 **정글 북** 러디어드 키플링 중단편집 | 오숙은 옮김 | 272면

242 **한여름 밤의 꿈** 윌리엄 셰익스피어 희곡 | 박우수 옮김 | 160면

243 **좁은 문** 앙드레 지드 장편소설 | 김화영 옮김 | 264면

244 **모리스** E. M. 포스터 장편소설 | 고정아 옮김 | 408면

245 **브라운 신부의 순진** 길버트 키스 체스터턴 단편집 | 이상원 옮김 | 336면

246 **각성** 케이트 쇼팽 장편소설 | 한애경 옮김 | 272면

247 **뷔히너 전집** 게오르크 뷔히너 지음 | 박종대 옮김 | 400면

248 **디미트리오스의 가면** 에릭 앰블러 장편소설 | 최용준 옮김 | 424면

249 **베르가모의 페스트 외** 옌스 페테르 야콥센 중단편 전집 | 박종대 옮김 | 208면

250 **폭풍우** 윌리엄 셰익스피어 희곡 | 박우수 옮김 | 176면

251 **어센든, 영국 정보부 요원** 서머싯 몸 연작 소설집 | 이민아 옮김 | 416면

252 **기나긴 이별** 레이먼드 챈들러 장편소설 | 김진준 옮김 | 600면

253 **인도로 가는 길** E. M. 포스터 장편소설 | 민승남 옮김 | 552면

254 **올랜도** 버지니아 울프 장편소설 | 이미애 옮김 | 376면

255 **시지프 신화** 알베르 카뮈 지음 | 박언주 옮김 | 264면

256 **조지 오웰 산문선** 조지 오웰 지음 | 허진 옮김 | 424면

257 **로미오와 줄리엣** 윌리엄 셰익스피어 희곡 | 도해자 옮김 | 200면

258 **수용소군도** 알렉산드르 솔제니찐 기록문학 | 김학수 옮김 | 전6권 | 각 460면 내외

264 **스웨덴 기사** 레오 페루츠 장편소설 | 강명순 옮김 | 336면

265 **유리 열쇠** 대실 해밋 장편소설 | 홍성영 옮김 | 328면

266 **로드 짐** 조지프 콘래드 장편소설 | 최용준 옮김 | 608면

267 **푸코의 진자** 움베르토 에코 장편소설 | 이윤기 옮김 | 전3권 | 각 392, 384, 416면

270 **공포로의 여행** 에릭 앰블러 장편소설 | 최용준 옮김 | 376면

271 **심판의 날의 거장** 레오 페루츠 장편소설 | 신동화 옮김 | 264면

272 **에드거 앨런 포 단편선** 에드거 앨런 포 지음 | 김석희 옮김 | 392면

273 **수전노 외** 몰리에르 희곡선집 | 신정아 옮김 | 424면

274 **모파상 단편선** 기 드 모파상 지음 ¦ 임미경 옮김 ¦ 400면

275 **평범한 인생** 카렐 차페크 장편소설 ¦ 송순섭 옮김 ¦ 280면

276 **마음** 나쓰메 소세키 장편소설 ¦ 양윤옥 옮김 ¦ 344면

277 **인간 실격·사양** 다자이 오사무 소설집 ¦ 김난주 옮김 ¦ 336면

278 **작은 아씨들** 루이자 메이 올컷 장편소설 ¦ 허진 옮김 ¦ 전2권 ¦ 각 408, 464면

280 **고함과 분노** 윌리엄 포크너 장편소설 ¦ 윤교찬 옮김 ¦ 520면

281 **신화의 시대** 토머스 불핀치 신화집 ¦ 박중서 옮김 ¦ 664면

282 **셜록 홈스의 모험** 아서 코넌 도일 단편집 ¦ 오숙은 옮김 ¦ 456면

283 **자기만의 방** 버지니아 울프 지음 ¦ 공경희 옮김 ¦ 216면

284 **지상의 양식·새 양식** 앙드레 지드 지음 ¦ 최애영 옮김 ¦ 360면